U0032191

王可樂日語
中高級直達車

只要靠這本!快速又輕鬆提升日語能力!

作者 / 王可樂日語

「なるほど！」と感じる喜び！

はじめに ｜ 前言 ｜

　　我一直在思考，如果能將教科書比喻成一個人，那什麼樣的人值得我們深交，並願意將自己學習語言的熱情與動力完全奉獻給他呢？

　　一般而言，教科書總是給人很嚴謹，內容一板一眼的感覺，也許這樣的形象符合教科書該有的身分，但這會讓人難以親近，在某些情況下，這種嚴肅謹慎的態度是帶有壓迫感的，學語言本來就不容易，如果連學習的礎石都這麼生硬，是很容易讓學習者放棄學習的，因此好的教科書除了內容完整度要夠，對於內文的陳述、版面的排列、文字的說明等，都必須讓學習者感到舒服，內容例句也不要太死板，應該要更有趣也更生活化一些，只要有這樣的教科書，相信學習者可以學得更開心，也能更靈活地活用語言。

　　然而，儘管市面上有大量的教科書，作者、出版時間都不相同，但這幾十年來，這些書籍的內容呈現方式卻完全一樣，學習者也就很難發現不同品牌教科書的獨立特點，由於彼此的內容都過於生硬，因此就像吃了沒有淋上任何湯汁的白米飯一樣，特別無味，難以吞嚥。

　　為了解決這個問題，我們決定開發自己的教科書，我們追求 2 個要點：

①單字要最新、文法項目要最全

②內文例句要生活化，而且是能應用於日常生活中的

　　教科書內容絕不能太死板，要適當加入一些輕鬆的元素，才能引發學習者持續翻閱學習的動力，也因此這 6 年來，針對內容，我們開過無數場的檢討會議，修改了數百次的教科書，終於把「初級（相應日檢 N4、N5）」、「中級（N3）」、「中高級（N2）」、「高級（N1）」完整的教材全部編制完成，我們教科書的特點如下：

初級（N4、N5）

　　由單字、文法句型、會話、練習所組成的基礎課程。

　　內容採用最新的單字列表，並補充市面上教科書沒提及的文法，力求單字的實用性與文法量，另外導入大量的動詞變化解說與練習，學習者能由初級教科書打好基礎日語能力。

中級（N3）

採用短篇文章進行教學，從文章中帶入大量助詞跟 N3 文法解說，並針對部分 N4、N5 文法做了複習。

以訪問日本人的故鄉為故事開端，之後引發一連串的故事，例如：人際關係、生活與戀愛、結婚生子等，每個主題都非常有趣實用，學習者能藉由中級教科書，學會文章的讀解方式，及各個助詞在文章中的應用。

中高級（N2）

採用中長篇文章進行教學，從文章中帶入大量助詞跟 N2、N3 文法教學，並針對較難懂長句做了短句拆解的教學。

以日本文化為主軸，針對 15 個主題做出解說，例如：學習者能藉由中高級教科書，學會長文章的讀解、助詞的應用及長句子的拆解，培養能閱讀較簡單日文小說，或短篇文章的讀解能力。

高級（N1）

採用長篇文章進行教學，從文章中帶入 N1、N2 文法教學，並針對較難懂長句做了短句拆解的教學。

以日本人的生活與文化為主軸，針對 20 個主題做出解說，例如：「日本人と掃除」、「出産のあれこれ」，學習者能藉由高級教科書，學會長文章的讀解、助詞的應用及長句子的拆解，累積雜誌文章、報紙讀解的能力及高階文法的應用。

王可樂日語創辦人

王頂倛

2021.01

せつめい

中高級課程共一本教材，教材內容如下：

1. 目次（もくじ / 目次）

除了可以查詢每一課所在的頁數外，也可以讓同學一眼就得知這一冊主要會學習到哪些文法。另外，在目次最後一頁（P.11）附上本書單字、文章、聽解練習所有音檔的 QR Code，方便練習聽力。

2. 單字（たんご / 單語）

本書將中高級該學習的單字列表在每課的開頭，除了假名、漢字外，還有附上中譯、詞性，若想聽到純正日本人的發音也可翻至目次最後一頁（P.11）QR Code 下載練習。不同於初級教材有音調標示，中級開始期許同學可以成長獨立，培養看到生字能自己查字典的習慣。

3. 文章（ほんぶん / 本文）

本書共 15 篇文章，每篇皆有一個主題。希望同學能藉由文章學習文法，將初級跟中級（N5-N3）所學的加以延伸應用，再加深助詞的學習跟運用，同時間也訓練同學中長篇文章的閱讀和句子拆解能力。

4. 文法（ぶんけい / 文型）

逐一列出文章中提及的所有文法，搭配豐富的例句，並附上中文翻譯，幫助同學更快熟悉該文法的應用及意思。

5. 單元練習（まとめもんだい / まとめ問題）

每課課後皆有 10 題文法練習題及 1 到 3 題聽力練習題，讓同學在結束一課後做一個小小的測驗，檢視自己是否已經把該課的內容有效吸收，如果測驗結果有答錯，還可以搭配前面的文法迅速複習。最後附上中高級程度的聽力練習（附音檔 QR Code，見P.11），增強同學的聽解能力。

6. 複習（ふくしゅう / 復習）

每 3 篇文章後會有一個複習篇，複習篇題型各式各樣，主要訓練同學高級單字的運用、文章的理解、文法的熟悉度，並在最後附上聽力練習（附音檔 QR Code，見 P.11），提高耳朵對日文的靈敏度。

7. 單字索引（たんごさくいん / 単語索引）

將本書所有單字以五十音順序做排列，並對照課數，方便同學迅速查詢單字所屬課數。

8. 文法索引（ぶんけいさくいん / 文型索引）

將本書所提到的文法，用辭書型的方式以五十音順序做排列，並對照課數，方便同學在課後看到熟悉的文法，可以快速查閱在哪一課有學到。

9. 解答（こたえ / 答え）

課本最後會有解答區，包含單元總練習和複習的解答。

10. 文章中譯（ちゅうごくごやく / 中国語訳）

放上每課文章的中文意思供同學參考，翻譯會因為語順的關係而有一些文字增減，希望同學可以藉由中文的輔助更懂得文章的意思。

キャラクターしょうかい

コウさん

黄鈴麗 / コウリンリー

台湾人で、中谷さんや岩崎さんとは同じ大学だった。

日本の企業で働いている。

同僚の王さんは、とてもよくできる。

料理が得意。

中谷さん

中谷香枝 / なかたにかえ

和歌山県白浜市出身。

料理が苦手だけれど克服しつつある。誰にでもフレンドリー。

けれど恋愛には臆病。

岩崎さん

岩崎さん / いわさきさん

中谷さん、コウさんの親友。仲間の中では一番先に結婚した。

映画好き。

ご主人はコーヒー好きで、甘いものは苦手。

佐竹先生

佐竹先生 / さたけせんせい

梅花大学の教授。町中夏樹のファン。

為什麼「一日」要唸成「ついたち」呢？

　大家在背日文的日期時，有沒有發現只有「一日」沒有按照之前教過的「ひ、ふ、み…」規則，而是被獨立出來唸「ついたち」呢？

　這是因為日本人認為「一日」是一個月新的開始，以日文來說就是「月が立ちます」，簡稱「つきたち」。「立つ」有開始的意思，不過「つきたち」的「き (ki)」不好發音，因此把「k」省略掉，就變成了「ついたち」了！

7

線上課程 - 聽力內容

一緒に頑張りましょう！

第一課

01 だいいっか

- 必死
- ～に恵まれる
- ～と重ねる
- ～に過ぎない
- Ａ一方、Ｂ
- この上ない
- この＋時間
- まさか～ない
- ～なんて
- ～ことはない

01 日本人と桜
第一課

〈 たんご 単語 〉

	單字	漢字	中譯	詞性
1	あつぎ	厚着	衣服穿得多	名詞
2	うすべにいろ	薄紅色	淡紅色	名詞
3	おとずれ	訪れ	來臨	名詞
4	おののこまち	小野小町	人名	名詞
5	かいか	開花	開花	名詞
6	きぞく	貴族	貴族	名詞
7	じょりゅうかじん	女流歌人	女流和歌作家	名詞
8	そうそぼ	曽祖母	曽祖母	名詞
9	ニュースキャスター		新聞播報員	名詞
10	はなびら	花びら	花瓣	名詞
11	へいあんじだい	平安時代	平安時代	名詞
12	まんかい	満開	盛開	名詞
13	かたる	語る	說	動詞Ⅰ
14	ちる	散る	（花）落	動詞Ⅰ
15	はやる	流行る	流行	動詞Ⅰ
16	よむ	詠む	歌詠	動詞Ⅰ
17	いろあせる	色あせる	褪色	動詞Ⅱ
18	つきつける	突きつける	擺在前面	動詞Ⅱ
19	ながめる	眺める	眺望	動詞Ⅱ
20	ふける	老ける	上年紀	動詞Ⅱ
21	ほそめる	細める	弄細	動詞Ⅱ
22	めぐまれる	恵まれる	富有	動詞Ⅱ
23	かくほする	確保する	確保	動詞Ⅲ
24	ていちゃくする	定着する	固定下來	動詞Ⅲ
25	むしする	無視する	忽視	動詞Ⅲ

〈 たんご 単語 〉

單字	漢字	中譯	詞性
26 はだざむい	肌寒い	有點冷	い形容詞
27 よろこばしい	喜ばしい	可喜	い形容詞
28 ひっし	必死	拼命	な形容詞
29 おもいがけず	思いがけず	出乎意料的	
30 かけがえのない		無法代替的	

〈 日本人と桜 〉

　何で春の訪れを感じるか。それは国によってちがうだろう。日本ではおそらく、桜の開花と答える人が少なくない。日本人にとって桜は、かけがえのないものなのだ。

　春が近付くと、日本のテレビは喜ばしいニュースとして桜の開花情報を報道する。天気予報のコーナーでは、雨がつづくとニュースキャスターが残念そうにお花見が難しいことを伝える。「もうお花見に行きましたか?」などと、人々は毎日の挨拶の後に聞いたりもする。

　春と言っても、開花の時期はまだ肌寒い。けれど、人々は厚着をし、弁当や酒を持って桜の木の下でお花見をする。大きな公園には必ず植えられていると言っても過言ではないほど日本に桜は多いが、お花見をする人は場所を取るために必死だ。お花見の場所を確保するのが新入社員の初仕事という会社もあるくらいだ。

　日本の文化を語る上でも、桜を無視することはできない。お花見は千年以上前から始まったと言われているが、流行りだしたのは平安時代に入ってからだそうだ。日本の花と言えば桜と定着したのも、この頃からだ。人の手によって桜が植えられるようになり、貴族は桜を眺めながら歌を詠んだ。それにしても、高い地位にいて経済的にも恵まれた貴族が、どうしてこんなに桜を愛したのだろう。

　平安時代を代表する女流歌人の小野小町は、とても美しいことでも有名だった。しかし、桜が色あせるのを見て、老けていく自分と重ねた歌を詠んでいる。これは私の想像に過ぎないが、彼女は桜のおかげで春の美しさを感じることができた一方、逆に自分を見つめる辛さも思いがけず突きつけられたのかもしれない。

〈 日本人と桜 〉

　私も満開の桜を見ると、この上ない喜びを感じる。けれど、散っていくのを見ると、小野小町ほどではないが寂しく思う。私には 91 歳になる大好きな曽祖母がいる。このところずっと入退院を繰り返しているので、油断はできないと祖母は言っていた。先日お見舞いに行った時、曽祖母は「まさか今年も桜が見られるなんて思わなかった」と目を細めていた。そして、不安そうな私を見て、「心配することはない」と笑った。

　私はココノエという品種の桜が好きだ。花びらが何十枚もあり、薄紅色が魅力的だ。曽祖母の年齢という花びらは、もうすぐ全部散ってしまうかもしれない。けれど、私はその美しさをずっと覚えているだろう。

1. A によって、B が違う（根據 A 不一樣 B 就不同）
　・お茶はお湯の温度によって、味が違います。
　　（茶根據熱水的溫度不一樣，味道就會不一樣。）
　・死刑は人によって、考えが異なります。
　　（對死刑的想法因人而異。）
　・料理人によって、「麻婆豆腐」の味が変わります。
　　（根據廚師不一樣，「麻婆豆腐」的味道就會不同。）

2. 〜と（引用、內容）
　・〜と言いました。
　　（說過〜。）
　・〜と思います。
　　（想〜。）
　・〜と考えます。
　　（思考〜。）

3. A にとって＋評價性形容詞（對 A 而言）
　・私にとって、仕事は面白い。
　　（對我而言，工作很有趣。）
　・サラリーマンにとって、残業は大変だ。
　　（對上班族而言，加班是很辛苦的。）

4. かけがえのない A（修飾名詞的句子裡面的「が」可以換成「の」）
　・私が知らない人＝私の知らない人
　　（我不知道的人）
　・雨が降っている時＝雨の降っている時
　　（正在下著雨的時候）
　・王さんが買ったかばん＝王さんの買ったかばん
　　（小王買的書包）

5. 〜なのだ（主張、斷定）
　・失敗したのは、計画が甘かったからなのだ。
　　（失敗的原因就是因為你的計畫太天真了。）
　・君の態度が問題なのだ。
　　（因為你的態度有問題。）

6. 〜が近づく（靠近）
　・試験の日が近づく。
　　（馬上就要考試了。）
　・台風が台湾に近づいている。
　　（颱風正在往台灣接近中。）

文 型

7. 喜ばしい（令人感到開心）
   ・息子の誕生は喜ばしい。
   （兒子的誕生令人感到開心。）
   ・喜ばしい成績が出た。
   （令人感到開心的成績出現了。）

8. 雨が続く
   ・雨が降り続く。
   ・雨が降り続ける。
   （雨持續下著。）

9. ～そうに＋Ｖます（好像～）
   ・幸せ　→　幸せそう　→　幸せそうに暮らしている。
   （幸福　→　好像很幸福　→　好像很幸福地過日子。）
   ・残念　→　残念そう　→　残念そうに伝える。
   （遺憾　→　好像很遺憾　→　好像很遺憾地傳達。）

10. 〇々（複數）
   ・人　→　人々
   （一個人　→　很多人）
   ・国　→　国々
   （一個國家　→　很多國家）
   ・日　→　日々
   （一天　→　很多日子）

11. ～と言っても（雖說～，但是…）
   ・お金持ちと言っても、必ずしも幸せではない。
   （雖說是有錢人，但未必是幸福。）
   ・彼は給料が安いと言っても、6万元ももらっている。
   （雖說他的薪水不高，但也能拿到6萬元。）

12. ～と言っても過言（言い過ぎ）ではない（就算這麼說也不會過分）
   ・日本料理は世界で一番きれいな料理だと言っても過言ではない。
   （就算說日本料理是世界上最漂亮的料理也不過分。）
   ・たばこを吸いすぎて、病気になったと言っても言い過ぎではない。
   （就算說你是因為香菸抽太多，而導致生病也不過分。）

13. ～ほど（程度 / 幾乎～）
   ・死ぬほど痛い。
   （痛到快死掉了。）
   ・飛び上がるほど嬉しい。
   （高興得幾乎要跳起來了。）

14. 必死 (拼命地)
　・犯人が必死に逃げる。
　　（犯人拼命地逃跑。）
　・受験生は必死で勉強する。
　　（考生拚死拚活地學習。）

15. A という B (A 的 B)
　・魔法瓶の部品を製造し、また瓶のデザインもするという会社。
　　（製作保溫瓶的零件，另外也設計瓶子的公司。）
　・炎症を抑え、頭痛を鎮めるという薬。
　　（抑制發炎，鎮定頭痛的藥。）

16. ～上で (在～的過程中 / 在～時候 / 為了達到～目的)
　・子どもを育てる上で、親もたくさんのことを勉強しなければならない。
　　（養育小孩的過程中，父母也必須學習很多事。）
　・計画を成功させる上で最も重要なのは、その目的を明確にすることだ。
　　（為了讓計畫成功，最重要的是讓目的明確。）

17. ～による
　① 情報源
　・天気予報によると、明日雨が降るそうです。
　　（根據天氣預報，聽說明天會下雨。）
　② 動作主
　・iPhone はアップル社によって、作られた携帯です。
　　（iPhone 是被 apple 公司製造的手機。）
　③ 原因理由
　・地震によって、家が倒壊しました。
　　（因為地震，房子倒塌了。）
　④ 方法手段
　・話し合いによって、問題を解決しましょう。
　　（藉由交談，把問題解決吧。）

18. ～が V られる (～被 V)
　・ジョブズが iPhone を作りました。
　　（賈伯斯製作了 iPhone。）
　　→ iPhone が作られました。
　　　（iPhone 被製作了。）
　・google が新しいサービスを発表した。
　　（google 發表了新的服務。）
　　→ 新しいサービスが発表された。
　　　（新的服務被發表了。）

19. 變化 (〜ようになる)
　① 能力變化
　・1歳を過ぎると、赤ちゃんは歩けるようになります。
　　(過了1歳之後，小寶寶變得會走路。)
　② 情況變化、習慣變化
　・健康のために、毎日野菜を食べるようになりました。
　　(為了健康，變得每天吃蔬菜了。)

20. 〜に恵まれる (富有〜／受到〜的恩惠)
　・日本は四季に恵まれた国だ。
　　(日本是四季分明的國家。)
　・彼は経済的に恵まれた環境で育った。
　　(他在衣食無缺的環境中長大了。)

21. 褪せる (褪色)
　・何回も洗濯して、スカートの色があせた。
　　(洗了好幾次，裙子的顏色褪色了。)
　・日に焼けて、カーテンの色があせた。
　　(受到日光照射，窗簾的顏色褪色了。)

22. 〜ていく (現在到未來持續做〜)
　・3年前から、日本語を勉強してきました。
　　(從3年前開始一直學習日文學到現在。)
　・これからも、日本語を勉強していきます。
　　(從今以後也會一直學日文。)
　・毎日少しずつ単語を覚えていきます。
　　(每天記一些些單字。)

23. 〜と重ねる (重疊)
　・お皿を重ねて運ぶ。
　　(把盤子疊起來搬運。)
　・寒いので、服を重ねて着た。
　　(因為很冷，衣服一件接著一件穿。)

24. 〜に過ぎない (只不過〜)
　・日本語ができるといっても、大学で1年間勉強したに過ぎない。
　　(雖然說會日語，但只不過是在大學學過一年而已。)
　・これはあくまでも、私の個人的な意見に過ぎない。
　　(這只不過是我個人的意見而已。)

25. A 一方、B (對比 / 同時進行) (另一方面～ / 同時～)
　　・老人が増える一方、子どもの数が減り続けている。
　　　(老人正在增加，另一方面小孩子的人數持續減少。)
　　・中国は工業が発展する一方で、農業も発展している。
　　　(中國在發展工業的同時也發展農業。)

26. 突きつける (～擺在眼前 / 亮出～)
　　・あの人はいきなり私にピストルを突きつけた。
　　　(那個人突然拿出手槍對準了我。)
　　・警察は犯人に証拠を突きつけた。
　　　(警察把證據擺在了犯人面前。)

27. この上ない (最高的～ / 無上的～)
　　・彼女と再会できたのはこの上ない喜びだ。
　　　(能夠再見到她令人無比開心。)
　　・この上ない幸せを味わった。
　　　(感受到了無比的幸福。)

28. ～ていく (現在到未來持續做～)
　　・3年前から、日本語を勉強してきました。
　　　(從 3 年前開始一直學習日文學到現在。)
　　・これからも、日本語を勉強していきます。
　　　(從今以後也會一直學日文。)
　　・今日から日本語で日記を書いていきます。
　　　(從今天起會用日語寫日記。)

29. A ほどではない (不如 A ～)
　　・昨日は寒かったが、去年の冬ほどではなかった。
　　　(昨天很冷，但不如去年冬天。)
　　・王さんは日本語がとても上手ですが、日本人ほどではありません。
　　　(小王日文非常好，但不如日本人那麼好。)

30. この＋時間 (這段時間以來)
　　・この 10 年、町の様子がすっかり変わりました。
　　　(這 10 年來，城鎮的樣子完全改變了。)
　　・ここ (この) 4年間、有難うございます。
　　　(這 4 年來，很感謝你。)

文 型

31. ずっと(一直〜)
　・君のことをずっと愛している。
　　(我一直愛著你。)
　・昨日ずっと本を読んでいた。
　　(昨天一直在看書。)

32. まさか〜ない(沒想到〜)
　・まさか彼が本気だったなんて知らなかった。
　　(我真的不知道他竟然是認真的。)
　・まさか台湾で雪が降るとは思わなかった。
　　(沒想到台灣竟然會下雪。)

33. 〜なんて(竟然〜)
　・宝くじに当たるなんて、信じられません。
　　(無法置信竟然會中獎。)
　・彼が離婚したなんて、びっくりした。
　　(他竟然離婚了，真是嚇一大跳。)

34. 〜そうな＋名詞(好像〜)
　・幸せ　→　幸せそう　→　幸せそうに暮らしている
　　(幸福　→　好像很幸福　→　好像很幸福地過日子)
　・幸せ　→　幸せそう　→　幸せそうな2人
　　(幸福　→　好像很幸福　→　好像很幸福的兩個人)
　・暇　→　暇そう　→　暇そうな一日
　　(閒　→　好像很閒　→　好像很閒的一天)

35. 〜ことはない(用不著〜 / 無需〜)
　・時間はたくさんあるから、慌てることはない。
　　(還有很多時間，用不著著急。)
　・小さな地震だから、心配することはない。
　　(因為是小地震，無需擔心。)

36. も(強調數量)
　・数量も　→　50 人もいます。
　　(竟然有 50 人。)
　・時間も　→　5時間もかかります。
　　(竟然要花 5 個小時。)
　・距離も　→　20 キロも走ります。
　　(竟然跑 20 公里。)

37.　～てしまう
　　① 遺憾
　　・ 電車の中に、傘を忘れてしまいました。
　　　（我把雨傘忘在電車上了。）
　　② 完了
　　・ 昨日5時間で、長い小説を読んでしまいました。
　　　（昨天用了5小時就看完很長的小說。）
　　③ 無法控制
　　・ お酒を飲んで、顔が赤くなってしまいました。
　　　（喝了酒，臉變紅了。）

まとめ問題

1. 留学したことがあると（　　　　　）、3週間だけです。
   ① 言ったら　　② 言っても　　③ 言えば

2. アニメで日本語を覚えたと言っても（　　　　）ではない。
   ① たごん　　② むごん　　③ かごん

3. 宿題が山（　　　　）ある。
   ① ほど　　② ように　　③ みたい

4. 声を出すことは、外国語を覚える（　　　　）でとても大切だ。
   ① うえ　　② とき　　③ さい

5. いい友人に（　　　　）まれて充実した大学生活を送った。
   ① つれ　　② はげ　　③ めぐ

6. デビューして10年間売れ続ける歌手は数人に（　　　　）ない。
   ① すぎ　　② こえ　　③ また

7. 兄が真面目な（　　　　）、弟は遊んでばかりいる。
   ① けど　　② はんたいに　　③ いっぽう

8. このベッドの寝心地は（　　　　）ない。
   ① かぎら　　② このうえ　　③ よほど

9. （　　　　）泥棒に入られるとは思いもしなかった。
   ① まさか　　② やっぱり　　③ なんて

10. もし休みたければ、無理する（　　　　）ありませんよ。
    ① までは　　② ことは　　③ のでも

聴解問題

まず文を聞いてください。それから、その返事を聞いて、1から3の中から、最もよい
ものを一つ選んで、その番号を（　　　　　　）に書いてください。

1) （　　　　　）
2) （　　　　　）
3) （　　　　　）

＊聴解問題音檔 QR Code 請參閱 P.11

第二課

02 だいにか

- 〜ないだろうか
- 取り上げる
- ＡはもとよりＢも〜
- 実に
- 一向に〜ない
- 〜ものだ
- 次第
- 気配
- 〜といったところだ
- Ａにしろ、Ｂにしろ

一緒に頑張りましょう！

02 日本の漫画
第二課

〈 たんご 単語 〉

單字	漢字	中譯	詞性
1 いりょう	医療	醫療	名詞
2 カテゴリー		種類	名詞
3 きょうかん	共感	同感	名詞
4 けはい	気配	樣子	名詞
5 コーナー		區	名詞
6 コマ		一個場面	名詞
7 さきがけ	先駆け	先驅	名詞
8 シーン		場面	名詞
9 しょうがい	生涯	一生	名詞
10 しんかん	新刊	新出版的書	名詞
11 ストーリー		故事	名詞
12 セリフ		台詞	名詞
13 せんくしゃ	先駆者	先驅者	名詞
14 だいいっせん	第一線	最前列	名詞
15 タブレット		平板電腦	名詞
16 てづかおさむ	手塚治虫	人名	名詞
17 ファンタジー		空想、幻想	名詞
18 ふじこふじお	藤子不二雄	人名	名詞
19 めいげん	名言	名言	名詞
20 うつしだす	映し出す	放映出	動詞Ⅰ
21 さそう	誘う	引起	動詞Ⅰ
22 とおのく	遠のく	遠離	動詞Ⅰ
23 はげます	励ます	鼓勵	動詞Ⅰ
24 うめる	埋める	滿	動詞Ⅱ
25 つめかける	詰めかける	擠上來	動詞Ⅱ

〈 たんご 単語 〉

單字	漢字	中譯	詞性
26 みかける	見かける	看到	動詞 II
27 かつやくする	活躍する	活躍	動詞 III
28 せんさい	繊細	纖細、細膩	な形容詞
29 びれい	美麗	美麗	な形容詞
30 みぢか	身近	身旁	な形容詞
31 いっこうに	一向に	完全	副詞

〈 日本の漫画 〉

　日本の映画やドラマでは、よく電車の中のシーンが映し出される。そんな日常の一コマで、漫画を読んでいる人を見かけたことはないだろうか。昔は、漫画は子どもを中心に人気があったが、今では年齢に関係なく楽しまれている。映画やドラマの原作として度々取り上げられていることも大きいだろう。作者のサイン会が行われる時には、普段漫画を読まない人も詰めかけるという。最近は、漫画の読み方が変わりつつあり、スマホやタブレットで漫画を読む人も増えている。

　どうして日本の漫画は人気があるのだろう。それは、ファンタジーはもちろん、恋愛や歴史、料理や学園など、カテゴリーがとても広いからかもしれない。ストーリーの豊かさ、それに加え、繊細で美麗な絵と身近にありそうな人物像や心理などが、読む人の共感を誘う。人気スポーツ漫画「SLAM DUNK」に出てくる「あきらめたらそこで試合終了ですよ」などの、名言に励まされた人も多いだろう。これらの名言は、その漫画を読んだことがなくてもセリフだけは知っているという人も多い。

　漫画といえば、手塚治虫をご存じだろうか。彼は漫画の神様と呼ばれており、漫画を日本文化の代表の一つに成長させた先駆者だ。代表作は、日本初の連続テレビアニメになった「鉄腕アトム」や医療漫画の先駆けとなった「ブラックジャック」など多数ある。子どもはもとより大人も楽しめる、もしくは大人向けの作品を60年の生涯で実に600以上発表している。常に第一線で活躍しつづけた漫画家だった。「ドラえもん」の作者の藤子不二雄も、彼に影響を受けた一人だ。私の近所の図書館には漫画コーナーがあり、そこは手塚作品で埋められていたのを思い出す。受験勉強が一向に進まない時についつい読んでしまったものだ。落ち込んだ時も、漫画を読むと次第に心が軽くなるのを感じた。

〈 日本の漫画 〉

　私は漫画が好きだ。もう大人だけれど、漫画から手が遠のく気配はまるでない。それ
どころか、私の給料は平均並みといったところだが、子どもの頃よりは自由に買い物が
できるため、次々と新刊を買ってしまう始末だ。でも、決して無駄にはしないつもりだ。
いつか結婚して子どもができたら、男の子にしろ女の子にしろ、家族みんなで読んで笑
い合いたい。

文 型

1. 〜が V られる（〜被 V）
    ・母は私の日記を読みました。　→　私の日記が読まれました。
    （媽媽讀了我的日記。　→　我的日記被讀了。）
    ・鴻海は電子部品を生産しています。　→　電子部品が生産されています。
    （鴻海生產電子零件。　→　電子零件被生產。）

2. ―コマ（一個場面、一個景象）
    ・青春の一コマ。
    （青春中的一個景象。）
    ・日常生活の一コマ。
    （日常生活的一個景象。）

3. 見かける（看見、看到）
    ・コンビニに入ったら、不審な人を見かけた。
    （走進便利商店，看到了可疑人物。）
    ・どこかで見かけたような人だ。
    （好像在哪裡看過的人。）

4. 〜ないだろうか（反問）
    ・そんなことができるだろうか。　→　できないと思う。
    （那樣的事情真的做得到嗎？　→　認為做不到。）
    ・そんなことができないだろうか。　→　できると思う。
    （那樣的事情真的做不到嗎？　→　認為做得到。）

5. 〜を中心に（以〜為中心）
    ・この町はロータリーを中心に発展してきた。
    （這個城鎮是以圓環為中心發展過來的。）
    ・この会社は王さんを中心に、仕事をしている。
    （這家公司以王先生為中心展開業務。）

6. 〜に人気がある（受〜歡迎）
    ・この番組は主婦に人気がある。
    （這個節目受主婦歡迎。）
    ・五月天は若者に人気がある。
    （五月天受年輕人歡迎。）

7. 對比句
    ・りんごは好きですが、バナナは嫌いです。
    （喜歡蘋果，但不喜歡香蕉。）
    ・コーヒーは飲みますが、紅茶は飲みません。
    （會喝咖啡，但不喝紅茶。）

文 型

8. 取り上げる
　① 報導
　・新聞は殺人事件を取り上げた。
　　（新聞報導了殺人事件。）
　② 被介紹
　・このレストランはテレビに取り上げられた。
　　（這家餐廳被電視介紹了。）

9. ～つつある（不斷地～（變化））
　・日本へ旅行に行く人は増えつつある。
　　（去日本旅行的人越來越多。）
　・空気の汚染が年々ひどくなりつつある。
　　（空氣汙染每年不斷地惡化。）

10. A はもちろん B も（A 就不用說了 B 也～）
　・日本はもちろん、中国も環境問題に注目している。
　　（日本就不用說了，連中國也關心環境問題。）
　・花園夜市は休日はもちろん、平日も大勢の観光客が集まっている。
　　（花園夜市，假日就不用說了，就連平日都聚集很多觀光客。）

11. ～そうな＋名詞（好像～）
　・幸せ　→　幸せそう　→　幸せそうな2人
　　（幸福　→　好像很幸福　→　好像很幸福的兩個人）
　・暇　→　暇そう　→　暇そうな人
　　（閒　→　好像很閒　→　好像很閒的人）
　・降ります　→　降りそう　→　雨が降りそうな空
　　（下　→　好像要下　→　好像要下雨的天空）

12. 誘う（引發某種情緒）
　・涙を誘う
　　（賺人熱淚）
　・同情を誘う
　　（惹人同情）
　・笑いを誘う
　　（令人發笑）

13. ～たら
　① 條件
　・雨が降ったら、出かけません。
　　（下雨的話，就不出門。）
　② 完了
　・20歳になったら、お酒が飲めます。
　　（20歲之後就可以喝酒。）

③ 意外
・ 起きたら、もう 12 時でした。
（起床之後發現已經 12 點了。）

14. ら（複數）
　・僕ら
　　（我們）
　・子どもら
　　（孩子們）
　・彼ら
　　（他們）
　・これら
　　（這些東西）

15. 〜と言えば（說到〜 / 提到〜）（＋意見、想法）
　・京都と言えば、古い町並みが有名だ。
　　（說到京都，古城鎮很有名。）
　・夏の果物と言えば、スイカが一番おいしい。
　　（說到夏天的水果，西瓜最好吃。）

16. ご存じ（別人知道）（尊敬語）
　・田中先生のことをご存じでしょうか。
　　（你認識田中老師嗎？）
　・ご存じのように、東京はアジアで有名な都市の一つだ。
　　（如您所知，東京是亞洲有名的都市之一。）

17. A はもとより B も〜（A 就不用說了，連 B 也〜）
　・田中さんは英語はもとより、中国語も話せます。
　　（田中先生英文就不用說了，連中文都會講。）
　・あの人はオムライスはもとより、カップラーメンも作れない。
　　（那個人蛋包飯就不用說了，連泡麵都不會做。）

18. 向き・向け
　① 適合
　・紅白は日本人向きの番組。
　　（紅白歌唱會是適合日本人觀看的節目。）
　② 量身訂做
　・チャレンジは子ども向けの番組。
　　（巧連智是為小孩子量身訂做的節目。）
　・子ども向けのハッピーセットには、子ども向きではないものが入っている。
　　（要給小孩子吃的兒童餐裡面，有不適合兒童吃的東西。）

文 型

19. で(範圍)
   ・1年の中で、夏が一番暑いです。
   　（在一年當中，夏天最熱。）
   ・果物の中で、イチゴが一番おいしいです。
   　（在水果裡面，草莓最好吃。）

20. 実に
   ① 很、非常
   ・彼女の料理は実においしいです。
   　（她做的菜非常好吃。）
   ② 竟然(強調)
   ・この工事は実に10年の歳月を費やした。
   　（這個工程竟然花費了10年的時間。）

21. 一向に～ない(一點也不～)
   ・服装には一向に構わない。
   　（對於服裝一點也不在意。）
   ・一向に勉強する気配が見えません。
   　（一點也看不到想要念書的樣子。）

22. つい(不禁～ / 忍不住～ / 不自覺地～)
   ・つい口を滑らしてしまった。
   　（不自覺地說溜了嘴。）
   ・甘いものを見ると、ついつい手が出る。
   　（看到甜食，就忍不住伸出手。）

23. ～ものだ
   ① 理所當然
   ・学生は勉強するものです。
   　（學生本來就應該學習的。）
   ② 回憶
   ・子どもの時、よくこの店で買い物したものだ。
   　（小時候我經常在這家店買東西。）
   ③ 感嘆
   ・時間の流れは速いものだな。
   　（時間過得好快啊。）

24. 次第
   ① 逐漸
   ・11月になると、次第に寒くなる。
   　（到了11月後，會漸漸地變冷。）

② 視〜而定
・やるかやらないか、あなた次第。
　（做還是不做，隨你便。）
・地獄の沙汰も金次第。
　（有錢能使鬼推磨。）

25. 気配（様子／感覚）
・外に人の気配がする。
　（外面好像有人的樣子。）
・秋の気配が濃くなってきた。
　（秋色越來越濃。）

26. それどころか（豈止如此／何止 A 都 B 了）
・努力しても成績が上がらない。それどころか、どんどん下がってしまう。
　（即使努力，成績也沒有提升，反而還越來越不好。）
・株で儲かるどころか、損ばかりしています。
　（玩股票不但沒有賺錢，還一直賠錢。）

27. 〜並み（跟〜相同）
・昨年並みの売り上げ。
　（跟去年相同的銷售額。）
・例年並みの収穫。
　（跟常年一樣的收穫。）

28. 〜といったところだ（頂多〜／只不過是〜）
・私ができる料理は玉子焼きと玉子のスープといったところです。
　（我會做的菜就是玉子燒跟蛋湯這樣子的程度。）
・台湾では、大卒の給料はせいぜい 2 万 2 千元といったところです。
　（在台灣，大學畢業的薪水頂多 2 萬 2 千元左右。）

29. 始末（演變成某種負面的情況）
・あの子は母に叱られて、しまいには泣き出す始末だ。
　（那個小孩子被媽媽叱責，結果就哭出來了。）
・こんな始末になってしまった。
　（最後變成這樣子的局面。）

30. A にしろ、B にしろ（不管是 A 還是 B）
・好きにしろ、嫌いにしろ、全部食べてください。
　（不管是喜歡還是討厭，請全都吃掉。）
・風にせよ、雨にせよ、旅行に行く。
　（不管是刮風還是下雨，都要去旅行。）

まとめ問題

1. この YouTuber は大学生（　　　　　）人気がある。
   ① が中心で　　② を中心に　　③ の中心が

2. 芸能人の不倫が毎日ニュースで（　　　　　）られている。
   ① 取り上げ　　② 取り扱い　　③ 取り載せ

3. スマホで支払いができる店が広が（　　　　　）ある。
   ① って　　② りながら　　③ りつつ

4. この店は地元の人は（　　　　　）、観光客のお客さんも多い。
   ① もとより　　② もとから　　③ もともと

5. 乾燥肌（　　　　　）の化粧水を研究している。
   ① むき　　② むく　　③ むけ

6. 期待通り、映画は（　　　　　）面白かった。
   ① じつは　　② じつに　　③ じっさいは

7. （　　　　　）に空が明るくなった。
   ① したい　　② じだい　　③ しだい

8. 運動しすぎると体にいい（　　　　　）、怪我をする恐れがある。
   ① どころか　　② だけでなく　　③ ながら

9. この焼肉屋はお腹いっぱい食べても 3000 円といった（　　　　　）だ。
   ① ころ　　② もの　　③ ところ

10. お酒を飲み過ぎて、財布をなくしてしまう（　　　　　）になった。
    ① しまつ　　② あげく　　③ あまり

聴解問題

まず文を聞いてください。それから、その返事を聞いて、1から3の中から、最もよい
ものを一つ選んで、その番号を（　　　　　）に書いてください。

1)（　　　　）

2)（　　　　）

3)（　　　　）

＊聴解問題音檔 QR Code 請參閱 P.11

コーラの豆知識

日本沒有「熱水」？

在中文裡，不管是「熱水」還是「冷水」都叫「水」，但在日文中沒有人講「熱い水」，這是因為水一旦變熱後，就會是「お湯」了。（日本的「澡堂」外面都會寫著「湯」，這是因為它們提供熱水泡澡的緣故。）

由於日本的餐廳只提供「冷水」，若是想要「常溫」的水的話，只要跟店員說：「すみません。常温のお水、いただけますか。」就可以了。若是想要「去冰」的水，則講：「氷無しでお願いします。」，既簡單又道地。

一緒に頑張りましょう！

03 だいさんか

- ～を目にする
- 無（ぶ・む）～
- いずれにしろ
- ～という
- 気に入る
- ～までもない
- からには
- ～たいものだ
- ～向け
- ～に違いない

03 着物の力
第三課

〈 たんご 単語 〉

單字	漢字	中譯	詞性
1 しちごさん	七五三	慶祝小孩成長的儀式	名詞
2 せいじんしき	成人式	成人式	名詞
3 せいそう	正装	正式服裝	名詞
4 せだい	世代	世代	名詞
5 セット		頭髮造型	名詞
6 そで	袖	袖子	名詞
7 とくてん	特典	優待	名詞
8 ふりそで	振袖	長袖和服	名詞
9 みこん	未婚	未婚	名詞
10 みやげものや	土産物屋	伴手禮店	名詞
11 うけつぐ	受け継ぐ	繼承	動詞I
12 うまる	埋まる	填滿、佔滿	動詞I
13 ひきつぐ	引き継ぐ	繼承	動詞I
14 ゆずる	譲る	讓給	動詞I
15 したてる	仕立てる	縫製	動詞II
16 むすびつける	結びつける	結合	動詞II
17 こうにゅうする	購入する	購買	動詞III
18 さんぱいする	参拝する	參拜	動詞III
19 みりょうする	魅了する	吸引	動詞III
20 レンタルする		租借	動詞III
21 ぎこちない		生硬的	い形容詞
22 あんか	安価	廉價	な形容詞
23 こうか	高価	高價	な形容詞
24 てごろ	手頃	合適、便宜	な形容詞
25 まぢか	間近	臨近	な形容詞

〈 たんご 単語 〉

單字	漢字	中譯	詞性
26　とうてい	到底	怎麼也	副詞
27　ちなみに		順便（說一下）	接續詞

　現代の日本では、街で着物を着ている人を目にする機会は少なくなった。着物は高価で、しかも着るのに時間がかかるからかもしれない。おまけに、着物を着ると階段を上りにくかったり、汚してもなかなか洗えなかったりする。

　しかし、人生に何度か着物を着る機会はやってくる。人生で初めて着るのは、だいたいが七五三の時だろう。七五三とは、子どもが無事に成長したことを祝う家族行事だ。男の子は 5 歳の時、女の子は 3 歳と 7 歳の時、着物を着て神社に参拝し、家族で食事したりする。

　次は、女性なら成人式が多いだろう。男性の多くはスーツだが、女性は「振袖」という、袖が長い着物を着るのが一般的だ。この日のために購入したりレンタルしたりするが、いずれにしろどちらも安価ではないのは確かだ。レンタル着物はすぐに予約が埋まってしまうため、中には 2 年以上前から申し込む人もいるという。成人式の間近になってからレンタル着物を探しても、値段が手頃で気に入るものはとうてい見つからない。

　振袖は未婚の女性の正装だ。だから、せっかく購入しても結婚すると着られなくなるのは言うまでもない。袖を切ってパーティーなどに着て行ける「訪問着」という着物に仕立て直す人もいないでもないが、一番多いのは娘に譲る人だろう。せっかく気に入った振袖を買ったからには、そのままの姿で置いておきたいものだ。ちなみに私が成人式の時は、祖母から母へと引き継がれた振袖を着た。撮った写真を、祖母と母の 2 枚と並べてみる。少しぎこちない笑顔が、3 人ともそっくりだった。

〈 着物の力 〉

　先日、友達と京都へ遊びに行ってきた。まず観光客向けに着物を着せてくれる店に寄った。自分で好きな着物を選んだら、髪のセットまでしてくれた。そして、そのまま京都を観光した。すると、博物館や美術館をはじめとして、レストランやホテルの飲食代が安くなったり土産物屋ではプレゼントをくれたりと、着物を着ていたからこその特典が多くて驚いた。それに、京都はどこも観光客だらけで、外国の方から一緒に写真を撮ってほしいとよく言われた。

　着た人の思い出とともに次の世代に受け継がれ、見る人をも魅了する力をもつ着物。これからも、時代や国境を越えて人と人とを結びつけていくに違いない。

1. 〜ている＝〜た（穿戴性動詞）
　　・赤い服を着ている人は陳さんです。
　　　（穿著紅色衣服的人是小陳。）
　　・眼鏡をかけているあの人は田中さんです。
　　　（戴著眼鏡的那個人是田中先生。）

2. 〜を目にする（看到）
　　・よくここで交通事故を目にする。
　　　（經常在這裡看到交通事故。）
　　・たまたま駅前で元彼女を目にした。
　　　（偶然地在車站看到前女友。）

3. 時間がかかる（花時間）
　　・時計の修理は3時間かかる。
　　　（手錶修理要花3小時。）
　　・工事の完成に3年かかる。
　　　（工程的完成要花費3年。）

4. なかなか〜ない（很難〜 / 怎麼也不〜）
　　・息子は大学を卒業したのに、なかなか就職活動を始めようとしない。
　　　（兒子從大學畢業了，卻遲遲不開始求職活動。）
　　・この本は難しくて、なかなか読めない。
　　　（這本書很難，很難讀懂。）

5. に（存在）
　　・公園に木がたくさんある。
　　　（在公園有很多樹。）
　　・ベッドに猫が眠っている。
　　　（貓在床上睡覺。）

6. で（範囲）
　　・芸能人の中で、「張學友」が一番好きです。
　　　（在藝人當中，我最喜歡「張學友」。）
　　・日本で、富士山が一番有名な山です。
　　　（在日本，富士山是最有名的山。）

7. A とは B です（所謂的 A 指的就是 B）
　　・親友とは、親しい友人のことです。
　　　（所謂的親友指的就是親密的朋友。）
　　・「小三」とは愛人のことです。
　　　（所謂的「小三」指的就是第三者。）

文 型

8. 無(ぶ・む)〜
   ・ご無事で何よりです。
   　(你平安無事太好了。)
   ・無地の着物。
   　(素色的和服。)

9. で(包括我在內)
   ・家族で食事に行く。
   　((包括我在內)全家去吃飯。)
   ・家族は食事に行く。
   　((除我之外)家人去吃飯。)

10. 對比句
   ・ビールは飲みますが、お酒は飲みません。
   　(喝啤酒,但是,不喝清酒。)
   ・春は好きですが、夏は嫌いです。
   　(喜歡春天,但是,討厭夏天。)

11. いずれにしろ(反正 / 總之 / 不管如何)
   ・いずれにしろ、この仕事は無理です。
   　(總之,這個工作我做不來。)
   ・いずれにしても、もう一度会って、よく話をしましょう。
   　(總之,我們再見一次面,好好地把話說一說吧。)

12. どちらも(兩個都〜)
   ・A:カプチーノとラテとどちらが好きですか。
   　(卡布奇諾跟拿鐵,你喜歡哪一種?)
   　B:どちらも好きです。
   　(我都喜歡。)

13. 埋まる(有很多)
   ・会場が観客で埋まっている。
   　(會場被觀眾擠得滿滿的。)
   ・広場は聴衆で埋まっていた。
   　(廣場擠滿了聽眾。)

14. 〜という(聽說〜 / 據說〜)
   ・うわさによれば、あの屋敷に幽霊が出たという。
   　(根據謠言,那個房子鬧鬼。)
   ・天気予報によれば、明日雨が降るということだ。
   　(根據天氣預報,聽說明天會下雨。)

15. 気に入る(中意 / 喜歡)
　・この服は素朴で、とても気に入りました。
　　(這件衣服樸素，我非常中意。)
　・お気に入りの服があったら、教えてください。
　　(要是有你中意的衣服的話，請跟我講。)

16. 到底～ない(怎麼也不～ / 很難～)
　・この仕事は難しくて、私には到底できない。
　　(這個工作很難，我怎麼也做不來。)
　・地球が爆発するなんて、到底信じられない。
　　(什麼地球會爆炸，這種事情我死都不相信。)

17. せっかく(難得～ / 好不容易～)
　・せっかくの休日だから、家でゆっくり休みたい。
　　(因為是好難得的休假日，所以想要在家裡好好地休息。)
　・せっかく勉強したのに、いい点数が取れなかった。
　　(難得有念書，卻沒有拿到好的分數。)

18. ～までもない(用不著～ / 無需～)
　・簡単な計算だから、電卓を使うまでもない。
　　(因為是很簡單的計算，用不著使用計算機。)
　・軽い風邪なので、病院へ行くまでもないだろう。
　　(因為只是小感冒，所以應該用不著去醫院吧。)

19. A という B
　① 對等關係
　・王可楽という猫 (王可楽＝猫)
　　(叫作王可樂的貓)
　・雲科大という大学 (雲科大＝大学)
　　(叫作雲科大的大學)
　・htc という会社 (htc ＝会社)
　　(叫作 htc 的公司)
　② 內容
　・風邪で会社を休むという連絡。
　　(因感冒而不上班的聯絡。)
　・日本で地震が起きたというニュース。
　　(在日本發生地震的新聞。)
　・忙しいから、今年国へ帰れないという手紙。
　　(因為很忙碌，今年回不了國的信。)

文型

20. 仕立てる (縫製～ / 修改成～)
　　・要らない服を雑巾に仕立てる。
　　　(把不要的衣服修剪成抹布。)
　　・古着をかばんに仕立てる。
　　　(把舊衣服修改成包包。)

21. に (變化)
　　・トヨタの車を新しいベンツに変えました。
　　　(把豐田的車子換成了新的賓士。)
　　・春になると、暖かくなります。
　　　(春天一到就會變暖和。)

22. からには (既然 A，就要 B)
　　・無理でも、約束したからには、守らなければならない。
　　　(就算你做不到，但既然約定好了就必須遵守。)
　　・留学を決めたからには、しっかり語学の勉強をしたいです。
　　　(既然都決定要留學了，我想要好好地學習語言。)

23. ～ておきます
　　① 事先準備
　　・彼女が来ますから、部屋を掃除しておきます。
　　　(因為女朋友要來，先打掃房間。)
　　② 放置 (維持現狀)
　　・子どもの時のぬいぐるみを捨てずにとっておきます。
　　　(小時候的洋娃娃，沒有丟掉一直拿在身邊。)

24. ～たいものだ (強烈願望) (自己好想～)
　　・今年こそ、彼女を作りたいものだ。
　　　(今年無論如何一定要交到女朋友。)
　　・一度でいいから、五月天と話したいもんだ。
　　　(就算只有一次也沒有關係，無論如何都想要跟五月天說上話。)

25. ～とも (～都…)
　　・夫婦とも出席する。
　　　(夫妻兩人都要出席。)
　　・3人とも合格しました。
　　　(3個人都考上了。)

26. ～向け (為～量身而做 / 針對～)
　　・子ども向けに、本を売ります。
　　　(針對小孩販賣書。)
　　・これは日本向けの米です。
　　　(這是以日本人為取向的米。)

27. 見る・見せる / 着る・着せる
　　① 我看
　　・私は映画を見ます。
　　　（我看電影。）
　　② 給別人看
　　・私はパスポートを税関の人に見せます。
　　　（我把護照給海關人員看。）
　　③ 我穿
　　・私は着物を着ます。
　　　（我穿和服。）
　　④ 給別人穿
　　・私は友達に着物を着せます。
　　　（我讓朋友穿和服。）

28. 自分で(表示狀態、方法手段的で)
　　・あの人は自分で子どもの名前を決めました。
　　　（那個人自己決定小孩的名字。）
　　・自分が占いで子どもの名前を決めました。
　　　（我自己用算命的方式來決定小孩的名字。）

29. A まま B (在 A 情況下做 B)
　　① 動詞た
　　・パジャマを着たまま、出かけた。
　　　（穿著睡衣就跑出去了。）
　　② 動詞ない
　　・シャワーを浴びないまま、寝た。
　　　（沒洗澡就睡覺了。）
　　③ 名詞＋の
　　・スリッパのまま、部屋に入った。
　　　（穿著拖鞋就走進房間去了。）

30. ～をはじめとして (以～為代表、開端、起點)
　　・新しい商品はアメリカをはじめとして、全世界の主な都市で販売されている。
　　　（新的商品以美國為開端，在全球主要城市販賣。）
　　・ストライキは東京を始め、全国の主な都市で起こりました。
　　　（罷工以東京為起點，在全國各個主要城市進行。）

31. からこそ (正因為 A 所以才 B)
　　・親は子どものことを心配しているからこそ、厳しく叱るのだ。
　　　（正因為父母擔心孩子，才嚴厲地叱責。）
　　・寒い時だからこそ、ホットコーヒーがおいしいです。
　　　（正因為是寒冷的時候，熱咖啡感覺特別好喝。）

文型

32. 全部、盡是～

　　① だらけ（負面）

　　・床はごみだらけ。
　　　（地板都是垃圾。）

　　・間違いだらけの作文。
　　　（滿篇錯誤的作文。）

　　② まみれ（附著於身上）

　　・転んでしまって、ズボンが泥まみれになった。
　　　（摔了一跤，整個褲子沾滿了泥巴。）

　　・10 キロも走って、彼の体は汗まみれでした。
　　　（跑了 10 公里，他全身都是汗水。）

　　③ ずくめ（清一色、從頭到尾完全～）

　　・彼女は黒ずくめの服を着ている。
　　　（她穿著一身黑的衣服。）

　　・食事に招待されて、職場でも昇進して、いいことずくめです。
　　　（被人家請吃飯，職場上也升職了，真是好事不斷。）

33.～てほしい（請求別人～）

　　・僕のそばにいてほしい。
　　　（待在我身邊吧。）

　　・そんなに怒らないでほしい。
　　　（不要那麼生氣。）

34. A とともに B

　　① 同時

　　・卒業するとともに、結婚した。
　　　（在畢業的同時也結了婚。）

　　② 伴隨

　　・景気の不振とともに、失業者も増えました。
　　　（隨著景氣不好，失業的人也增加了。）

35.～てくる / ～ていく

　　① 過去到現在

　　・3 年前から、翻訳の仕事をしてきました。
　　　（從 3 年前開始就一直做翻譯的工作。）

　　② 現在到未來

　　・これからも、翻訳の仕事をしていきます。
　　　（接下來也會一直從事翻譯的工作到未來。）

36.～に違いない（肯定是～ / 一定是～（推測））

　　・犯人はあの男に違いない。
　　　（犯人肯定是那個男的。）

　　・台風が来るから、きっと雨が降るに違いない。
　　　（因為颱風要來了，所以一定會下雨。）

03

だいさんか　第三課

まとめ問題

1. ニュースによれば、20 年後は数十万円で宇宙旅行へ行けると（　　　　　）。
   ① いう　　② する　　③ みる

2. このドライヤーは髪が痛まないので、とても気に（　　　　　）いる。
   ① して　　② いって　　③ はいって

3. どんなに急いでも、（　　　　　）間に合わない。
   ① あくまで　　② そうじて　　③ とうてい

4. （　　　　　）山に登ったのに、霧で景色が見えなかった。
   ① せっかく　　② とっさに　　③ わざと

5. 小雨なので、傘をさす（　　　　　）もない。
   ① もの　　② さえ　　③ まで

6. 台北には 101 を（　　　　　）として、たくさんの観光地がある。
   ① はじめ　　② さいしょ　　③ はじまり

7. 時代と（　　　　　）流行は変化する。
   ① つれて　　② したがって　　③ ともに

8. 倉庫の掃除をしたら、全身ほこり（　　　　　）になった。
   ① まみれ　　② ずくめ　　③ ばかり

9. 大事な靴を引っ掻いたのは、猫の仕業に（　　　　　）ない。
   ① ちがえ　　② ちがい　　③ ちがわ

10. 諦めずに努力してきたから（　　　　　）、成功できた。
    ① こそ　　② には　　③ して

聴解問題

まず文を聞いてください。それから、その返事を聞いて、1から3の中から、最もよいものを一つ選んで、その番号を（　　　　　　）に書いてください。

1）（　　　　　）

2）（　　　　　）

3）（　　　　　）

＊聴解問題音檔 QR Code 請参閲 P.11

コーラの豆知識

梨子也叫作「ありのみ」？

　日本人喜歡吃梨子，不過由於「梨」的日文「なし」跟「沒有」的「無し」音相同，這對講究吉利的日本人而言是個不太好的講法，為了避諱，有日本人就把梨子稱為「有りの実」。

　這個「有り」是「無し」的相反語，也就是把梨子從「無し」的「沒有」，改稱為「有」的果實，實在非常有趣。

✎ ふくしゅう　復習

1. 《　　　　》の中から最もよいものを選んでください。
　　必要な場合は、適当な形に変えてから書いてください。

1) 明日のコンサート、いい席が（　　　　　）しまう前に、早く行きましょう。
2) このような（　　　　）環境で勉強できることに、大変感謝しております。
3) 期末試験が近いのに、息子は（　　　　）勉強しようとしない。
4) この（　　　　）は何度見ても泣いてしまいます。
5) 久しぶりにこんな（　　　　）知らせを聞いた。
6) そんなに（　　　　）して、どうしたの？風邪でもひいた？
7) 私、来月部署がかわるので、この仕事は山田さんに（　　　　）と思っています。
8) こちらの商品、いかがですか。（　　　　）もいろいろお付けしますよ。
9) しばらく会わないうちに、母はかなり（　　　　）しまった。
10) 試合に負けたからって、そんなに（　　　　）。大丈夫だよ。

《　　　喜ばしい　落ち込む　老ける　特典　シーン
　　　一向に　厚着　恵まれる　埋まる　引き継ぐ　　　》

2. 《　　　　》の中から適当な表現を選んでください。

1)・見て！あそこで男の人がすごい速さで《　走っている　／　走りつつある　》よ。
　・彼の病気は《　回復している　／　回復しつつある　》そうですが、もう少し治療が
　　必要だそうです。
2)・焦る《　ことはない　／　ことがある　》。まだ時間はたくさんあるんだから。
　・いつも落ち着いている山田さんでも焦る《　ことはない　／　ことがある　》。
3)・この本は簡単な文章で書かれているので子ども《　向け　／　向き　》だ。
　・大学の近くには学生《　向け　／　向き　》につくられたアパートがたくさんある。

4)・キャスターはいかにも《　残念そうな　／　残念そうに　》彼の死を伝えた。

　・彼はいつも《　高そうな　／　高そうに　》服を着ている。

5)・今日の飲み会、行くと言ってしまったからには行く《　しかない　／　にすぎない　》。

　・今の話は私の推測《　しかない　／　にすぎない　》ので、気にしないでください。

3. 最もよい文になるように、文の後半部分を A から J の中から1つ選んでください。

1) うちの子は大学を卒業したのに、（　　　　　）。

2) 去年雑誌に取り上げられて以来、（　　　　　）。

3) ずっと日が当たるところに置いてあったので、（　　　　　）。

4) 面接のとき、緊張したせいで、（　　　　　）。

5) 今回の事件は自動車関連企業はもとより、（　　　　　）。

6) 駅の近くは新しいビルが増える一方、（　　　　　）。

7) 携帯電話の普及とともに、（　　　　　）。

8) 給料が上がるにしろ上がらないにしろ、（　　　　　）。

9) 今の時代、何でもインターネットで買えるのだから、（　　　　　）。

10) 今の仕事は難しいからこそ、（　　　　　）。

A：緑がどんどん減っていった　　　　　B：話し方がぎこちなくなってしまった

C：この店の人気は鰻上りだ　　　　　　D：さまざまな会社に影響を与えた

E：わざわざ買いに行くことはないでしょう　　F：おもしろい

G：この会社を辞めるのはもう決めたことだ　　H：なかなか就職活動を始めない

I：大切な本の表紙が色あせてしまった　　J：固定電話をおかない人も増えてきた

4. 次の文章を読んで、文章全体の内容を考えて、 1 から 4 の中に入る最もよい
ものを、①から④から一つ選んでください。

　　着物と浴衣の違いがわかるだろうか。浴衣 1 夏に着る、薄めの着物のこと
だ。着物と浴衣は一見まったく同じもののようだが、浴衣は暑い夏に合うよう薄
い布で作られているため、2つを並べると違いがよくわかるはずだ。

　　昔の日本人にはそもそも洋服を着る習慣がなかったため、昼間は誰もが着物
を着て過ごしていた。その 2 、夜寝るときは着物よりもゆったりとした浴衣が
選ばれた。夕方お風呂に入った後に、今のパジャマのように着ていたのだ。現在
では夏、花火大会やお祭り、盆踊りなどに行くときに浴衣を着るのが一般的にな
っている。

　　しかしながら、着物や浴衣は着るのが難しく、一人で着るなど 3 無理だと
思う人も多い。帯をつけるのが難しいと思われがちだが、浴衣であれば「作り帯」
とよばれるリボンのようなきれいな形に固定された帯も売られてる。また、イン
ターネット上では浴衣の簡単な着方を紹介した動画もよくみられる。

　　着物 4 浴衣 4 、これまでは難しそうで、自分で着るのをためらっていた
人が多いのではないだろうか。今年の夏、まずは浴衣から挑戦してみてはどうだ
ろう。

1	① という	② とは	③ とか	④ として
2	① いっぽう	② はんして	③ ため	④ うえで
3	① かなり	② いっこうに	③ まさか	④ とうてい
4	① やら	② につけ	③ にしろ	④ とか

5.《聴解問題》まず文を聞いてください。それから、その返事を聞いて、1 から 3 の中から、最もよいものを一つ選んで、その番号を（　　　　　　）に書いてください。

1)（　　　　　）

2)（　　　　　）

3)（　　　　　）

＊聴解問題音檔 QR Code 請參閲 P.11

一緒に頑張りましょう！

第四課

04 だいよんか

- 重なる
- からと言って
- てっきり
- ～かと思ったら
- A を B にした C
- A や B といった C
- ～というものだ
- 勝手
- ～ことに
- ～ばかりだ

04 日本人を支える富士山
第四課

〈 たんご 単語 〉

單字	漢字	中譯	詞性
1 いこく	異国	外國	名詞
2 いみん	移民	移民	名詞
3 えぞ	蝦夷	地名	名詞
4 かい	甲斐	值得	名詞
5 かしゅう	歌集	歌集	名詞
6 ごとうち	ご当地	當地	名詞
7 ごらいこう	ご来光	日出	名詞
8 さいこ	最古	最古	名詞
9 さいこうほう	最高峰	最高峰	名詞
10 さぬき	讃岐	地名	名詞
11 さんちょう	山頂	山頂	名詞
12 じもと	地元	當地	名詞
13 しょうちょう	象徴	象徵	名詞
14 しんこう	信仰	信仰	名詞
15 すその	裾野	山麓	名詞
16 せかいいさん	世界遺産	世界遺產	名詞
17 だいざい	題材	題材	名詞
18 でかせぎ	出稼ぎ	外地工作	名詞
19 ひょうこう	標高	標高	名詞
20 ひろう	疲労	疲勞	名詞
21 まんようしゅう	万葉集	歌集名稱	名詞
22 めいしょう	名称	名稱	名詞
23 さらう		奪取、取得	動詞 I
24 みまもる	見守る	看守	動詞 I
25 ささえる	支える	支撐	動詞 II

〈 たんご 単語 〉

單字	漢字	中譯	詞性
26　なづける	名付ける	取名	動詞 II
27　はせる	馳せる	驅	動詞 II
28　ちょうせんする	挑戦する	挑戰	動詞 III
29　かって	勝手	任意、擅自	な形容詞
30　てっきり		一定	副詞

　日本を語るにおいて富士山をはずすわけにはいかない。富士山は標高 3,776.12m の日本最高峰で、その美しい姿は国外でも日本の象徴として知られている。7 月から約 2 か月間登ることができ、この時期は学生の夏休みと重なることもあり、休日は特に混むという。夏でも山頂の気温は 4 〜 6 度ほどだ。寒いからといって速く登りきってしまおうとすると、空気がうすいためすぐに疲労を感じてしまう。しかし、ご来光と言って山頂で見る日の出を見ると、苦労して登ってきた甲斐があったものだと感動するそうだ。

　2013 年 7 月、富士山が世界遺産になったというニュースが話題をさらった。山であるからてっきり自然遺産であるかと思ったら、なんと文化遺産だった。富士山は昔から人々の信仰の対象であり、また芸術作品のテーマだったのだ。約 1200 年前から富士山を題材にした歌が詠まれ、日本最古の歌集である「万葉集」にも登場している。江戸時代には富士登山が庶民に人気になったこともあり、浮世絵師の葛飾北斎らによって盛んに描かれるようになった。それらの浮世絵は海外へ輸出され、ゴッホやルノアールといった印象派を代表する西洋の画家達に大きな影響を与えた。日本の芸術の源泉である富士山が、外国人にも愛されてきたと思うと誇らしい。日本人にとってこんなに嬉しいことはないだろう。

　また、日本各地に「ご当地富士」があるのをご存じだろうか。「〜富士」と名付けられた山のことで、北海道の蝦夷富士、香川県の讃岐富士など数多い。富士山のような裾野の美しい山であったり、中には全く似ていない山もあるそうだが、いずれにしろ地元の人の山への親しみや愛情を表しているのだろう。

〈 日本人を支える富士山 〉

　実は、ご当地富士は海外にもある。1868年以降、外国へ行ったまま帰れなくなってしまった出稼ぎの人達が今では移民となり、日本に思いを馳せて名付けた。日本人とは異国でも、山に「〜富士」という名前をつけるだけで、その土地に親しみを感じるというものだ。もちろん勝手に呼んでいるだけで正式名称ではないが、驚いたことに全世界で「〜富士」という山は400を超えるらしい。日本人のことだから、どこへ行っても富士山に似た山があればそう名付けたのだろう。

　日本人の精神を支え、見守ってきたかのような富士山。仕事は忙しくなるばかりだが、この夏は富士登山に挑戦してみようか。

文　型

1. ～において (在～點 / 在～時間 / 在～場所 / 在～狀況)
   ・卒業式は大ホールにおいて、行われます。
   　(畢業典禮在大禮堂舉辦。)
   ・芸能界における彼はまだ新人ですが、彼の歌は注目されている。
   　(在演藝圈裡他還算是新人，但是，他的歌受到矚目。)

2. ～わけにはいかない (不行～ / 不能～ / 不可以～)
   ・明日は期末試験なので、遊んでいるわけにはいかない。
   　(因為明天是期末考試，所以不能玩。)
   ・これは彼女がくれたパソコンなので、貸すわけにはいきません。
   　(因為這是女朋友給我的電腦，不能借出去。)

3. 重なる (重疊)
   ・土曜日と祝日が重なって、遊園地は大変混んでいる。
   　(星期六跟國定假日重疊，遊樂園非常擁擠。)
   ・今日は土曜日で、また祝日と重なって、遊園地は混んでいる。
   　(今天是星期六，同時也是國定假日，遊樂園很擁擠。)

4. からと言って (雖然說 A，但是 B)
   ・暑いからと言って、冷たいものばかり飲んではいけません。
   　(雖然說天氣熱，但是也不可以一直喝冷飲。)
   ・有名な作品だからと言って、人気があるとは限りません。
   　(雖然是有名的作品，但未必會受歡迎。)

5. ～切る (全部～ / ～完)
   ・3日で、小説を読み切りました。
   　(花了 3 天把小說讀完了。)
   ・この漫画は人気があって、発売と同時に売り切れてしまった。
   　(這個漫畫很受歡迎，幾乎在發售的同時就全都賣光光了。)

6. ～ようとする (正準備～ / 正想要～ / 打算～)
   ・出かけようとしたとき、急に雨が降り出した。
   　(正要出門的時候，突然下起雨來了。)
   ・今朝電車を降りようとしたとき、転んでしまった。
   　(今天早上要下電車的時候，摔跤了。)

7. 甲斐 (意義、價值)
   ・生き甲斐、働き甲斐
   　(活著的意義(價值)、工作的意義(價值))
   ・努力の甲斐があって、試験に受かりました。
   　(努力有了代價，考試合格了。)
   ・試験に受かって、努力した甲斐がありました。
   　(考試合格了，努力還是有代價的。)

8. ～ものだ
　① 理所當然
　・お年寄りに席を譲るものだ。
　　（應該讓位子給老年人。）
　② 回憶
　・小学生の時、よく先生に叱られたものだ。
　　（我小學的時候，經常被老師罵啊。）
　③ 感嘆
　・人間の命はなんと短いものだ。
　　（人類的生命多麼短暫啊。）

9. さらう（全部拿走～ / 取走～）
　・賞品を全部さらってしまった。
　　（把獎品全都拿走了。）
　・彼が現れると、その場の注目をさらってしまった。
　　（他一出現，就獲得了全場的注目。）

10. てっきり（原本以為～，沒想到～（相反））
　・今日はてっきり晴れると思ったのに、雨でした。
　　（原以為今天會是晴天，沒想到卻下雨了。）
　・結婚するまでてっきり彼女は優しいと思っていたが、全然優しくなかった。
　　（結婚之前我一直以為她很溫柔，但其實完全不溫柔。）

11. ～かと思ったら（我才想說～，沒想到～）
　・あの子は今帰ってきたかと思ったら、もう遊びに行ってしまった。
　　（我才想說那個孩子剛回家而已，沒想到馬上就又去玩了。）
　・雨が降ったかと思うと、すぐ止んだ。
　　（我才想說下雨了，沒想到又馬上停了。）

12. なんと
　① 感嘆（多麼～啊）
　・なんと美しい花でしょう。
　　（多麼美麗的花啊。）
　・この子とお父さんはなんと似ていることだろう。
　　（這個小孩子跟他的爸爸多麼地相像啊。）
　② 驚訝（竟然～ / 沒想到～）
　・社長はなんと 20 歳の若い女性です。
　　（沒想到社長竟然是 20 歲的年輕女生。）
　・釣り銭を貯めていたら、なんと 1 万元もあった。
　　（把找零都存起來，竟有 1 萬元。）

13. た形的５種意思

① 發現

・あっ、鍵はここにあった。

（啊，鑰匙在這裡。）

② 確認

・今日は日曜日だったね。

（今天是星期日吧？）

③ 想起

・そうだ、明日は彼女の誕生日だった。

（對了，明天是她的生日。）

④ 情感的瞬間變化

・あら、びっくりした。王さんじゃない？

（哇，嚇我一大跳，你不是小王嗎？）

⑤ 未來的假設

・困った時、私に連絡してください。

（遇到困難的時候，請跟我聯絡。）

14. A を B にした C（以 A 為 B 的 C）

・実在の事件をもとにした映画。

（以真實事件為基礎的電影。）

・「牛郎」と「織女」を主人公にした小説。

（以牛郎跟織女為主角的小說。）

15. によって

① 情報源

・李さんの話によると、駅の前で事故が起きたそうです。

（聽小李說，車站前發生了事故。）

② 動作主

・『ノルウェイの森』は村上春樹によって書かれた小説です。

（《挪威的森林》是村上春樹所寫的小說。）

③ 原因理由

・台風によって、学校が休みになりました。

（因為颱風的緣故，所以學校休息了。）

④ 方法手段

・インターネットによって、世界中のニュースを知ります。

（透過網路，知道全世界的新聞。）

16. 盛ん（盛行）

・日本は製造業が盛んな国です。

（日本是製造業很盛行的國家。）

・同性愛をめぐる議論が盛んに行われる。

（就同性戀展開激烈的議論。）

17. A や B といった C（A 啦 B 啦之類的 C）
　　・中国や韓国といったアジアの国々。
　　　（中國啦、韓國之類的亞洲國家。）
　　・台北や台中といった台湾の主な都市。
　　　（台北啦、台中之類的台灣主要城市。）

18. 〜に影響を与える（對於〜有影響）
　　・PM2.5 は人間の体に大きな影響を与える。
　　　（PM2.5 對人類的身體有很大的影響。）
　　・ダイオキシンは健康に悪い影響を与える。
　　　（戴奧辛對健康有不好的影響。）

19. 動詞的名詞化
　　・彼女と結婚します　→　彼女【との】結婚
　　　（和她結婚　→　和她的結婚）
　　・日本で生活します　→　日本【での】生活
　　　（在日本生活　→　在日本的生活）
　　・台北まで行く新幹線　→　台北【までの】新幹線
　　　（到台北的新幹線　→　到達台北的新幹線）
　　・母へあげる花　→　母【への】花
　　　（送給媽媽的花　→　給媽媽的花）
　　・アメリカから届いたお土産　→　アメリカ【からの】お土産
　　　（從美國寄來的伴手禮　→　來自美國的伴手禮）

20. 実は / 実に（其實、坦白說 / 很、非常）
　　・実は私にも先生の話がよくわからない。
　　　（其實我也不明白老師的話。）
　　・彼女は実にきれいな人です。
　　　（她是非常漂亮的人。）

21. 〜まま（在 A 情況下做 B）
　　① 動詞た
　　・コンタクトレンズをつけたまま、寝ました。
　　　（戴著隱形眼鏡就睡覺了。）
　　② 動詞ない
　　・テレビの電源を消さないまま、出かけました。
　　　（沒關掉電視的電源就出門了。）
　　③ 名詞＋の
　　・裸足のまま、家を出ました。
　　　（光著腳就出門了。）

文 型

22. ～というものだ（的確 / 無非是～ / 正是～）
    ・今日中に、仕事を終わらせるのは無理というものだ。
      （要在今天之內結束工作，實在沒有辦法。）
    ・つらいこともあれば、楽しいこともある。それが人生というものだ。
      （有苦也有樂，這正是人生。）

23. 勝手（隨意、任意）
    ・勝手な行動はやめなさい。
      （不要擅自行動。）
    ・人のものを勝手に使わないでください。
      （請不要隨便使用別人的東西。）
    ・もう勝手にしろ。
      （隨你便了啦。）

24. ～ことに（令人感到～的是）
    ・嬉しいことに、念願の会社に入ることができました。
      （令人感到開心的是，可以進入夢寐以求的公司了。）
    ・残念なことに、公務員の試験にまた失敗しました。
      （令人感到遺憾的是，公務員的考試又失敗了。）

25. A という B
    ① 對等關係
    ・王可楽という猫（王可楽＝猫）
      （叫作王可樂的貓）
    ・雲科大という大学（雲科大＝大学）
      （叫作雲科大的大學）
    ② 內容
    ・風邪で会社を休むという連絡。
      （因感冒而不上班的聯絡。）
    ・日本で地震が起きたというニュース。
      （在日本發生地震的新聞。）

26. らしい
    ① 聽說
    ・ニュースキャスターの話によると、アメリカでテロがあったらしいです。
      （根據新聞播報員報導，在美國發生恐怖攻擊。）
    ② 好像
    ・空が暗くなってきた。どうやら雨が降るらしいです。
      （天空變暗了，好像要下雨了。）

文 型

27. ～のことだから（因為是～所以…）
    ・親切な王さんのことだから、どこへ行ってもすぐ友達ができるだろう。
    　（因為是親切的小王，到哪裡都會馬上交到朋友吧。）
    ・まじめな田中さんのことだから、約束したことは守ってくれるはずだ。
    　（因為是認真的田中，所以約定好的事情一定會遵守。）

28. A かのような B（像 A 般的 B）
    ・当事者の王さんは何も知らないかのような顔をしている。
    　（當事人的小王一副什麼都不知道的臉。）
    ・彼は何でも知っているかのように、自信を持って話す。
    　（他彷彿什麼都知道般，自信滿滿地談話。）
    ・彼女と結婚できるなんて、まるで夢を見ているかのようだ。
    　（竟然能夠跟她結婚，簡直就像做夢一樣。）

29. ～ばかりだ
    ① 越來越～
    ・「一例一休」が導入されても、仕事は増えるばかりで、ちっとも楽にならない。
    　（即使導入「一例一休」，工作還是不斷地增加，一點也沒有比較輕鬆。）
    ② 只～
    ・彼は何を聞いても、泣くばかりです。
    　（不管問他什麼，他只是一直哭。）

1. 面接試験（　　　　　）大切なことは素直に答えることだ。
　① について　　　② として　　　③ において

2. 大切な約束があるので、遅れる（　　　　　）にはいかない。
　① もの　　　② はず　　　③ わけ

3. お金を使い（　　　　　）、何も買えない。
　① きって　　　② ぬいて　　　③ はてて

4. やっと彼女ができたかと（　　　　　）、3日で振られてしまった。
　① とたんに　　　② 思ったら　　　③ すぐに

5. 台風が来たので（　　　　　）学校が休みになると思っていたが、違った。
　① すっかり　　　② やっぱり　　　③ てっきり

6. 電車の中で大声で電話をするのは非常識という（　　　　　）だ。
　① こと　　　② もの　　　③ とき

7. いつも遅刻する彼（　　　　　）だから、今日も遅れてくるだろう。
　① のはず　　　② のわけ　　　③ のこと

8. 母の兄弟は（　　　　　）11人もいる。
　① なんて　　　② なんと　　　③ なんか

9. 体に電気が流れたかの（　　　　　）衝撃を受けた。
　① みたいな　　　② ほど　　　③ ような

10. 自分の過ちはすぐに謝ったほうがいい。時間が経てば、謝りにくくなる（　　　　　）だ。
　① ばかり　　　② べき　　　③ だらけ

聴解問題

まず質問を聞いてください。それから話を聞いて、1から4の中から最もよいものを
一つ選んでください。

1) (　　　　　)

＊聴解問題音檔 QR Code 請參閲 P.11

一緒に頑張りましょう！

05 ランドセル
第五課

〈 たんご 単語 〉

	單字	漢字	中譯	詞性
1	からっぽ	空っぽ	空	名詞
2	こうたいし	皇太子	皇太子	名詞
3	こんいろ	紺色	深藍色	名詞
4	じかんわりひょう	時間割表	時間表	名詞
5	ししゅう	刺繍	刺繡	名詞
6	セレブ		名人	名詞
7	そうりだいじん	総理大臣	總理大臣	名詞
8	そくめん	側面	側面	名詞
9	たいしょう	大正	年號名稱	名詞
10	ていばん	定番	最基本的	名詞
11	てんのう	天皇	天皇	名詞
12	とくちゅう	特注	特別訂購	名詞
13	ないかく	内閣	內閣	名詞
14	ふちどり	縁取り	邊飾	名詞
15	ほんがわ	本革	真皮	名詞
16	めいじ	明治	年號名稱	名詞
17	めいっこ	姪っ子	姪女	名詞
18	ラベンダー		薰衣草	名詞
19	ランドセル		日本的小學生書包	名詞
20	いたむ	傷む	破損	動詞 I
21	うかぶ	浮かぶ	浮現	動詞 I
22	そう	沿う	隨	動詞 I
23	よこぎる	横切る	橫穿過	動詞 I
24	とげる	遂げる	達到	動詞 II
25	いっしんする	一新する	煥然一新	動詞 III

〈 たんご 単語 〉

單字	漢字	中譯	詞性
26 リメイクする		翻新	動詞 III
27 カラフル		色彩絢麗	な形容詞
28 ケチ		吝嗇	な形容詞
29 みごと	見事	完全、絕佳	な形容詞
30 くふうをこらす	工夫を凝らす	費盡心機	

〈 ランドセル 〉

　ランドセルとは、日本の小学生が背負って使う通学かばんのことだ。側面に巾着袋をぶら下げられたり、時間割表入れが付いていたりと、工夫が凝らされているのも特徴の一つだ。近年、海外セレブがファッションに取り入れたことにより、日本のお土産としても人気になりつつあるらしい。日本では、祖父母が孫へプレゼントする定番の入学祝いになっている。

　ランドセルに関する歴史を調べてみた。明治 20 年、当時皇太子だった大正天皇が小学校に入学された。そこで、初代内閣総理大臣の伊藤博文は、入学祝いを通学に使えるものにしようと、革のかばんを特注で作らせた。その結果生まれたのがランドセルである。つまり、世界で初めてランドセルを使用したのは、大正天皇だったのである。

　時代の流れに沿って、ランドセルも大きな変化を遂げた。昔は男の子は黒、女の子は赤が定番だった。しかし、最近はピンクやラベンダー色、茶色や紺色が人気だという。デザインも、黒に青い縁取りがあったり綺麗な刺繍がされていたりと、次々に新しいものが出てきた。先日、デパートのランドセル売り場を横切った。多くのカラフルなランドセルがあり、試しに持ち上げてみるとこれがなかなか重い。小学校の 6 年間使うことが前提で作られているので、本革だと1キロ以上あるそうだ。

　時間を重ねるにつれて傷んでいくランドセル。卒業する頃には傷だらけということもめずらしくはない。しかし、卒業後使わなくなったランドセルをミニランドセルにリメイクしてくれる店もある。傷もそのまま移される。傷だって、実は全て思い出なのだ。出来上がった世界に一つだけのミニランドセルは、きっと宝物になるだろう。

〈 ランドセル 〉

　私の姪っ子は来春小学生になる。まだあと半年余りあるというのに、うちの親は初孫にランドセルを買ってやるとかで大張り切りだ。ランドセルを購入するに当たって気をつけなければならないことは、何よりも姪っ子が気に入るかどうかだろう。人気のランドセルの値段帯は3〜5万円だそうだが、もし値の張るものでもかわいい孫のお願いを断れる祖父母なんているだろうか。普段はどちらかというとケチなのに、喜んで財布を開く両親の姿が目に浮かぶ。見事な孫バカだ。

　多くのランドセルは、6年間の保証付きだ。毎年デザインや機能が一新されて売り出される。新品のランドセルは空っぽだが、祖父母をはじめ、たくさんの人の想いがつまっているはずだ。

文　型

1. A とは B のことだ（所謂的 A 指的就是 B）
　　・親友とは、親しい友人のことだ。
　　（所謂的親友指的就是要好的朋友。）
　　・セクハラというのは、女性に性的な嫌がらせをすることだ。
　　（所謂的性騷擾指的就是對女性做出帶有性暗示的騷擾行為。）

2. ～入れ（放～的容器）
　　・名刺入れ
　　（名片夾）
　　・定期入れ
　　（車票夾）
　　・ごみ入れ
　　（垃圾袋）

3. 凝らす（專注、集中）
　　・工夫を凝らす
　　（絞盡腦汁）
　　・細工を凝らす
　　（做工精細）
　　・装いを凝らす
　　（精心打扮）

4. 取り入れる
　　① 拿進來
　　・洗濯物を取り入れる。
　　（把洗曬的衣服收進來。）
　　② 採用
　　・外国の文化を取り入れる。
　　（引進外國的文化。）

5. ～つつある（不斷地～（變化））
　　・町の様子は変わりつつある。
　　（城鎮的樣子不斷地在改變。）
　　・この川の水は年々汚くなりつつある。
　　（這條河川的水一年比一年髒。）

6. ～に関する（與～有關）
　　・私は政治に関して、よくわからない。
　　（關於政治，我不太理解。）
　　・ISIS に関する新しい情報が入りました。
　　（收到關於 ISIS 的新消息。）

7. ～に（用途～）
　　・この写真はパスポートの申請に使う。
　　　（這張照片用於申請護照。）
　　・このフライパンは玉子焼きを作るのに使う。
　　　（這個平底鍋用來製作玉子燒。）

8. ～に（決定）
　　・贈り物を花にしよう。
　　　（贈品就決定送花吧。）
　　・昼飯は牛丼にしよう。
　　　（中餐就決定吃牛丼吧。）

9. 初めて・初めての（第一次（做）・第一次的）
　　・18 歳の時、初めて日本へ行きました。
　　　（18 歲的時候，第一次去了日本。）
　　・初めての海外旅行は日本です。
　　　（第一次的海外旅行是去日本。）

10. ～に沿って
　　① 沿著
　　・川に沿って、歩いて行けば、カルフールがあります。
　　　（順著河川走，就會看到家樂福。）
　　② 按照、遵守
　　・親の期待に沿って、医者を目指す。
　　　（順著父母的期待，以當醫生為目標。）
　　・公約に沿って、政治をする。
　　　（遵守承諾，從事政治。）

11. ～遂げる
　　① 實現
　　・5年ぶりに優勝を遂げた。
　　　（睽違 5 年終於獲得了冠軍。）
　　② 結果演變
　　・この国の経済は急成長を遂げた。
　　　（這個國家的經濟急速成長。）

12. 次々に（不斷地）
　　・ASUS は次々にウェアラブルを作っていく。
　　　（ASUS 不斷地製作穿戴裝置。）
　　・周杰倫は次々に新しい曲を発表する。
　　　（周杰倫不斷地出新歌。）

05
だいごか　第五課

13. 〜てきた (開始〜 / 〜出現了)
　　・おなかが空いてきました。
　　　(開始餓了。)
　　・ずっと本を読んでいたので、疲れてきました。
　　　(一直讀書，開始累了。)

14. 試しに〜てみる (試著〜看看)
　　・試しにこの服を着てみましょう。
　　　(試著穿這件衣服看看吧。)
　　・試しに料理を作ってみませんか。
　　　(要不要試著做看看料理呢？)

15. なかなか (非常〜 / 相當〜)
　　・この映画はなかなか面白いですね。
　　　(這部電影相當有趣。)
　　・色もデザインもなかなかですね。
　　　(顏色跟設計都非常不錯。)

16. 重ねる
　　① 堆疊、加上
　　・手を重ねる
　　　(把手疊上去)
　　② 反覆
　　・努力を重ねる　＊　年月を重ねる　＊　経験を重ねる
　　　(不斷地努力　＊　日復一日　　　＊　累積經驗)

17. A につれて B (隨著 A 怎麼樣 B 就怎麼樣)
　　・時間が経つにつれて、昔のことは少しずつ忘れていくでしょう。
　　　(隨著時間經過，以前的事情也會漸漸淡忘掉吧。)
　　・土地の開発が進むにつれて、緑が少なくなってきた。
　　　(隨著土地持續開發，綠地越來越少了。)

18. 全部、盡是〜
　　① だらけ (負面)
　　・ごみだらけ、間違いだらけ、嘘だらけ…
　　　(盡是垃圾、盡是錯誤、盡是謊言…)
　　・借金だらけの生活。
　　　(一身債務的生活。)
　　② まみれ (附著於身上)
　　・血まみれ、泥まみれ…
　　　(沾滿鮮血、沾滿泥巴…)
　　・汗まみれで働く。
　　　(全身都是汗水的狀態下工作。)

③ ずくめ（從頭到尾、徹底）
・ 黒ずくめ、規則ずくめ…
　（一身黑、淨是規則…）
・ いいことずくめの1年だった。
　（好事連連的一年。）

19. ～だって（即使 / 就算）
・ 医者だって、治せない病気がある。
　（即使是醫生，也有治不好的病。）
・ 努力すれば、何だってできないことはない。
　（只要努力，沒有做不到的事情。）

20. きっと～だろう（一定是～吧）（推測）
・ 犯人はきっとあの怪しい人だろう。
　（犯人肯定是那個怪怪的人吧。）
・ 明日はきっと雨に違いない。
　（明天肯定會下雨吧。）

21. ～余り（～多）
・ この工場に、100 名余りの従業員がいる。
　（這個工廠有 100 多個員工。）
・ 1人だけ募集したのに、200 余りの人の申し込みがあった。
　（只打算僱用 1 個人，卻有 200 多人應徵。）

22. とか（～啦～啦）（列舉）
・ うちの犬は靴下とか、パンツとか臭いものが大好きだ。
　（家裡的狗喜歡襪子啦，內褲啦這些有臭味的東西。）
・ 今の子どもは絵とか、英語とか習い事をたくさんしている。
　（現在的孩子要學畫畫、英文什麼的，學習的東西很多。）

23. 張り切る（充滿幹勁）
・ 新しい仕事に張り切る。
　（對於新工作幹勁十足。）
・ 来年も優勝したいと張り切っている。
　（明年無論如何也想要獲得冠軍。）

24. ～に当たって（在～特別的時刻 / 在～開始或結束的時候）
・ 出発に当たって、もう一度パスポートを確認しましょう。
　（出發之前，再確認一次護照吧。）
・ 会議を始めるに当たって、社長から挨拶があった。
　（會議開始的時候，社長說了幾句話。）

25. なんて
　　① 輕視
　　・自分の子どもを虐待する親なんて、地獄に落ちろ。
　　　（虐待自己小孩子的這種家長，下地獄吧。）
　　② 驚訝
　　・大学の教授が女子学生にセクハラなんて、びっくりしました。
　　　（大學教授竟然對女學生性騷擾，令人吃驚。）

26. どちらかというと（整體說來，算是）
　　・この店はどちらかというと、若者向けで、年配の客はあまり見当たらない。
　　　（這家店整體來說是針對年輕人，有年紀的客人比較少見。）
　　・どちらかといえば、このスイカの方がおいしい。
　　　（整體來說，這個西瓜比較好吃。）

27. 喜んで（很樂意地）
　　・彼は何でも喜んで引き受ける。
　　　（他不管什麼事都欣然接受。）
　　・喜んでパーティーに出席する。
　　　（我很樂意參加派對。）

28. 見事
　　① 很棒
　　・見事な腕前。
　　　（表現非常好。）
　　② 完全（負面）
　　・予想は見事に外れた。
　　　（預測完全偏離。）

29. 〜バカ（過於溺愛〜 / 非常喜愛〜）
　　・親バカ
　　　（過度溺愛小孩子的爸爸媽媽）
　　・野球バカ
　　　（過度喜愛棒球的人）

30. 〜付き（附帶〜）
　　・景品が付きます　→　景品付き
　　　（附帶贈品　→　有附帶贈品）
　　・骨が付いた肉　→　骨付き肉
　　　（有骨頭的肉　→　帶骨肉）
　　・バスにトイレが付いている　→　トイレ付きのバス
　　　（巴士裡面附帶廁所　→　附帶著廁所的巴士）

31. 〜をはじめ（として）（以〜為開端／以〜為首／以〜為代表）
・新しいたばこは東京をはじめ、日本の主な都市で販売されている。
（新上市的香菸，以東京為起點，在日本各個主要城市販售。）
・日本をはじめとして世界各国が中国へ進出する。
（日本進軍中國之後，其他國家也逐步跟進。）

32. 〜はずだ（應該〜吧）
・台風が来るから、雨が降るはずだ。
（因為颱風要來，應該會下雨吧。）
・見た目はきれいだから、美味しいはずだ。
（因為外觀看起來很漂亮，所以應該很好吃吧。）
・昼間からふらふらしているのだから、暇なはずだ。
（平日都無所事事，所以應該很有空吧。）
・苗字が田中だから、日本人のはずです。
（因為姓氏是田中，所以應該是日本人吧。）

まとめ問題

1. 留学に（　　　　）情報をネットで探す。
   ① かんする　　　② たいする　　　③ とっての

2. 小学校の恩師との再会を（　　　　）。
   ① つげた　　　② さげた　　　③ とげた

3. 山頂に近づくに（　　　　）、空気が薄くなっていった。
   ① しれて　　　② つれて　　　③ なれて

4. 大通りに（　　　　）店が並んでいる。
   ① よって　　　② そって　　　③ ともなって

5. iPad は2歳の子ども（　　　　）使える。
   ① だって　　　② なので　　　③ ばかり

6. レモン（　　　　）、パッションフルーツ（　　　　）、酸っぱいものが好きだ。
   ① とか／とか　　　② たり／たり　　　③ し／し

7. マンションを借りるに（　　　　）、壁の厚さを確認することは大切です。
   ① あたって　　　② とって　　　③ たいして

8. 飛行機の席は、どちらか（　　　　）通路側が好きです。
   ① とあると　　　② とみると　　　③ というと

9. 占い（　　　　）信じられない。
   ① なんとか　　　② なんて　　　③ なんとも

10. 携帯電話を使って支払いをするビジネスが増え（　　　　）。
    ① つついる　　　② つつある　　　③ つつする

聴解問題

まず質問を聞いてください。それから話を聞いて、1から4の中から最もよいものを
一つ選んでください。

1)（　　　　　）

＊聴解問題音檔 QR Code 請參閲 P.11

コーラの豆知識

如花似玉的日本美人

　　日語裡的「大和撫子」是用來稱讚日本女性溫柔而
剛強的美感，而「立てば芍薬座れば牡丹歩く姿は
百合の花」則是用來形容日本女生如花似玉。

　　據說日本人認為：芍薬在站立時觀看最美，而牡丹
則從坐著角度去觀看最動人，百合花則是邊走邊看最
美，因此「立てば芍薬座れば牡丹歩く姿は百合の
花」就被用來形容日本女性如花似玉之美。

一緒に頑張りましょう！

第六課

06 だいろっか

- ～ながら
- ～にあたる
- さて
- ～半ば
- ～かける
- ～とともに
- 明らか
- ～に欠ける / 富む / 乏しい /
  あふれる
- ～ということだ
- ～っぱなし

〈 たんご 単語 〉

單字	漢字	中譯	詞性
1 いっけん	一見	乍看之下	名詞
2 うつわ	器	器量	名詞
3 おだのぶなが	織田信長	人名	名詞
4 かく	格	地位	名詞
5 かたな	刀	刀	名詞
6 きじ	生地	麵糊	名詞
7 きれあじ	切れ味	刀子鋒不鋒利	名詞
8 ぐざい	具材	材料	名詞
9 グルメ		美食	名詞
10 クレーム		不滿	名詞
11 しょうにん	商人	商人	名詞
12 しょくにん	職人	工匠	名詞
13 しょみん	庶民	庶民	名詞
14 だし	出汁	湯汁	名詞
15 てっぽう	鉄砲	槍炮	名詞
16 てんか	天下	全國	名詞
17 とういつ	統一	統一	名詞
18 ひとやく	一役	一個任務	名詞
19 ぶしょう	武将	武將	名詞
20 まちおこし	町おこし	振興城鎮	名詞
21 やくわり	役割	職務	名詞
22 あたる		相當於	動詞Ⅰ
23 こばむ	拒む	拒絕	動詞Ⅰ
24 はたす	果たす	完成	動詞Ⅰ
25 さかえる	栄える	繁榮	動詞Ⅱ

〈 たんご 単語 〉

單字	漢字	中譯	詞性
26 あいようする	愛用する	愛用	動詞 III
27 てっとりばやい	手っ取り早い	迅速	い形容詞
28 ゆういぎ	有意義	有意義	な形容詞
29 とりあえず		先	副詞

〈 B級グルメと大阪 〉

　日本に来る観光客の楽しみは様々だが、中でも日本の食事に期待する外国人は多いのではないだろうか。しかし、回らない寿司やすき焼きなどはおいしいけれど、値段が高いので毎回の食事で食べることは難しい。そこで人気が出つつあるのが、安価でありながらおいしい庶民の料理「B級グルメ」の食べ歩きだ。大阪のたこ焼きやお好み焼きがそれにあたる。

　全国にもB級グルメは豊富にあり、それぞれの地域で「町おこし」の役割を果たしている。たこ焼きより卵分が多く、だしにつけて食べる「明石焼き」や、関西風お好み焼きとは違って具材を生地でふたをして蒸し焼きにし、中華麺も入れる「広島風お好み焼き」は、その代表格だ。一見大阪のものと似ているようだが、食べてみると全く別物なので試してみてほしい。

　さて、B級グルメの都といえば大阪だが、なぜこの地で発達したのか。やはり、16世紀半ば、東洋一と呼ばれた大阪の堺港が大きな影響を与えているだろう。国内外から多くの食材や技術が運ばれ、商業都市として栄えたのだ。また、刀や鉄砲を盛んに製造したことで、天下統一をしかけた武将の織田信長にも注目されたのは有名だ。江戸時代になっても、堺は国中の食材が集まる中心地として発展し、大阪は「天下の台所」と呼ばれるようになった。信長も認めた鉄工の技術は、時代とともに武器の代わりに包丁が作られるようになり、今でも堺包丁はその切れ味のよさから、日本のプロの料理人の80%以上が愛用していることが明らかになっている。商人と職人の街、大阪。現在のB級グルメは、彼らが安くて手っ取り早いものを好んで食べたことも基礎になったと言えるだろう。

　そして、大阪の人の気質も理由の一つだと考えられる。歴史からみても様々な食材にあふれた大阪は、商売の激戦区。大阪人は新しいもの好きだ。それに、少しずついろいろと食べ歩く。よって、歴史の浅いB級グルメでもとりあえずは試してみる。けれど気に入らないとすぐに離れていく。飽きっぽいとも言えるが、それは何でも拒まず受け入れる器があるということなのだ。また、物事をはっきり言う人が多いので、食べても食べっぱなしにせずクレームをつけることで味の向上に一役買っているのかもしれない。

　人々のB級グルメへの思いは熱い。どんどん商品開発されるので、大阪でなくとも生き残るのは難しいのだ。その競争を、全国各地で食べ回りながら見守るのも有意義な旅の形ではないだろうか。

文　型

1. い形容詞の名詞化
    ① ～さ（可測量的）
    ・楽しさ　　厚さ　　　強さ　　甘さ
    　（快樂度　厚度　　　強度　　甜度）
    ② ～み（可感覺的）
    ・楽しみ　　厚み　　　強み　　甘み
    　（快樂感　厚實感　　強項　　甜味）

2. ～ではないだろうか（不是～嗎？）
    ・そんなまずい店、食べに行くだろうか　→　食べに行かないと思う
    　（那麼難吃的店，會去吃嗎？　→　覺得不會去吃）
    ・そんなまずい店、食べに行かないだろうか　→　食べに行くと思う
    　（那麼難吃的店，不會去吃嗎？　→　覺得會去吃）

3. ～つつある（不斷地～（變化））
    ・台風が日本に近づきつつある。
    　（颱風不斷地往日本逼近。）
    ・環境汚染が年々ひどくなりつつある。
    　（環境汙染一年比一年變得更嚴重。）

4. ～ながら（～卻＋相反）
    ・いけないと知りながら、彼女に嘘をついた。
    　（明明知道不行，卻對她說了謊。）
    ・貧しいながら、幸せに暮らしている。
    　（雖然貧窮，但過得很幸福。）
    ・子どもながら、しっかりしている。
    　（雖然是小孩子，但很成熟。）

5. ～にあたる（相當於～）
    ・「愛してる」にあたる英語は「I love you」です。
    　（相當於「愛してる」的英語是「I love you」。）
    ・おばさんの娘は私のいとこにあたります。
    　（阿姨的女兒相當於是我的表姊妹。）

6. 形容詞的副詞化（～地）
    ① い形容詞
    ・優しく教える
    　（很溫柔地教）
    ・楽しく勉強する
    　（快樂地學習）

② な形容詞
- 料理をきれいに食べた
  (把料理吃得乾乾淨淨)
- 元気に生きている
  (健康地活著)

7. それぞれ(各自)
- 人にはそれぞれの理想がある。
  (人各有理想。)
- どの作品にもそれぞれ特徴がある。
  (不管哪個作品都有各自的特徴。)

8. 役割(職責)
- この8年間、オバマは大統領の役割を果たした。
  (這8年期間,歐巴馬盡了總統的職責。)
- 役割を分担して仕事をする。
  (分擔職責工作。)

9. ～とは違って(跟～不同)
- 台湾人とは違って、日本人は夏でもスーツを着ています。
  (跟台灣人不一樣,日本人在夏天也穿著西裝。)
- 私の意見とは違って、彼は反対です。
  (跟我的意見不同,他是反對的。)

10. 一見…ようだが～(乍看之下…但是～)
- 一見真面目なようだが、実は怠ける人だ。
  (乍看之下很認真,但實際上是很懶惰的人。)
- 一見面白そうな映画だが、実は全然面白くない。
  (乍看之下,是很有趣的電影,但實際上完全不有趣。)

11. さて(轉換話題)
- 掃除は終わった。さて、昼寝でもしようか。
  (打掃結束了。那麼要不要來睡個午覺呢。)
- 以上、天気予報でした。さて、次は交通情報をお届けします。
  (以上是天氣預報,那麼接下來為您提供交通情報。)

12. ～半ば(中旬、中間)
- 30代半ばの男性が部屋に入りました。
  (30多歲的男生進入房間了。)
- 3月の半ばから、桜が咲き始める。
  (從3月中旬開始,櫻花就會開花。)

13. 盛んに（盛行地）
　　・日本人は緑茶を盛んに飲むので、寿命が長い。
　　（日本人很常喝綠茶，所以很長壽。）
　　・台湾の道は路上駐車が多いので、事故が盛んに起きている。
　　（因為台灣路邊停車很多，所以意外事故頻繁地發生。）

14. ～かける（～做了一半）
　　・飲みかけたジュースをそのままゴミ箱に捨てないでください。
　　（請不要把喝了一半的飲料就直接丟進垃圾桶裡。）
　　・何か言いかけて、途中でやめた。
　　（說到一半就不說了。）
　　・読みかけの本。
　　（讀到一半的書。）
　　・飲みかけのコーヒー。
　　（喝到一半的咖啡。）

15. 〇〇中（ちゅう・じゅう）（～期間中 / 正在～ / 整個～）
　　① 時間＋中（ちゅう）（整體時間裡的部分時間）
　　・夏休み中、日本へ行きます。
　　（暑假要去日本。）
　　② 動作＋中（ちゅう）（正在～）
　　・食事中に、電話が来ました。
　　（正在吃飯的時候電話打來了。）
　　③ 時間＋中（じゅう）（整個～）
　　・夏休み中、ずっと遊んでばかりいました。
　　（整個暑假都在玩。）
　　④ 地點＋中（じゅう）（整個～）
　　・世界中の人々は北朝鮮のミサイルの発射に反対している。
　　（全世界的人都反對北韓發射導彈。）

16. ～ようになる
　　① 能力變化
　　・1歳を過ぎると、赤ちゃんは歩けるようになります。
　　（過了1歲之後，小寶寶開始會走路。）
　　② 情況變化
　　・便秘を解消するために、野菜を食べるようになりました。
　　（為了改善便祕，開始吃蔬菜了。）

17. ～とともに
　　① 同時
　　・雨が降り出すとともに、雷が鳴り出した。
　　（下雨的同時，也打起雷來了。）

② 伴隨著 A，B 也～（變化）
　・年を取るとともに、体力も衰えた。
　　（隨著年齡增長，體力也變衰弱了。）

18. A のかわりに B（B 代替 A ～）
　・私の代わりに、李さんが出張に行く。
　　（李先生代替我去出差。）
　・市長に代わって、議員が挨拶します。
　　（議員代替市長跟大家打招呼。）

19. 人（じん・にん）
　①じん
　・工作領域：芸能人
　　　　　　　（藝人）
　・傾向：文化人
　　　　　（文化人）
　・出身：日本人
　　　　　（日本人）
　②にん
　・從事動作的人：保証人　世話人
　　　　　　　（保證人　主管人）

20. 明らか（清楚）
　・火事の原因はまだ明らかではない。
　　（火災原因尚未釐清。）
　・事故の真相がついに明らかになりました。
　　（事故的真相終於大白了。）

21. ～と考えられる（被認定為～）
　・地球の歴史は 46 億年と考えられています。
　　（地球的歷史被認為有 46 億年。）
　・上海はアジアで最も繁栄している都市の一つと言われています。
　　（上海被認定為亞洲最繁榮的都市之一。）
　・IS は邪悪な組織と見られています。
　　（IS 被認為是邪惡的組織。）

22. ～に欠ける、富む、乏しい、あふれる…（內容多或少）
　・彼女は想像力に富んでいる子どもです。
　　（她是富有想像力的小孩子。）
　・アフリカは資源に乏しい国です。
　　（非洲是缺乏資源的國家。）

23. ～っぽい（帶有～的傾向）
　　① っぽい（負面用法）
　　・ 水っぽい、飽きっぽい、俗っぽい、子どもっぽい
　　　（水分多、容易厭煩、俗氣、孩子氣）
　　② げ（情緒）
　　・ 嬉しげ、悲しげ、不安げ、得意げ
　　　（好像很開心的樣子、好像很難過的樣子、　副感到不安的樣子、一副很得意的樣子）
　　③ 気味（身體狀況）
　　・ 風邪気味、太り気味、疲れ気味
　　　（有點感冒、有點發胖、有點累）

24. ～ということだ
　　① 聽說
　　・ 天気予報によれば、明日晴れるということだ。
　　　（根據天氣預報，聽說明天會放晴。）
　　② 結果
　　・ 明日から会社に来なくていい。つまり君はクビということだ。
　　　（你從明天起不用來公司。也就是說，你被開除了。）

25. ～っぱなし（一直～）
　　・ 立ちます　→　立ちっぱなし
　　　（站　→　一直站著）
　　・ 開けます　→　開けっぱなし
　　　（開　→　一直開著）
　　・ 置きます　→　置きっぱなし
　　　（放　→　一直放著）

26. ～ず（否定）
　　① Ⅰ動詞
　　・ 行かない　→　行かず
　　　（不去）
　　・ 飲まない　→　飲まず
　　　（不喝）
　　② Ⅱ動詞
　　・ 食べない　→　食べず
　　　（不吃）
　　・ 寝ない　→　寝ず
　　　（不睡）
　　③ Ⅲ動詞
　　・ 結婚しない　→　結婚せず
　　　（不結婚）
　　・ 来ない　→　来ず
　　　（不來）

27. ～にせず（不做～）
 ・シャワーを出しっぱなしにして、体を洗います。
 　（把蓮蓬頭開著洗身體。）
 　→シャワーを出しっぱなしにせず、体を洗います。
 　（→不把蓮蓬頭一直開著，洗身體。）
 ・電気をつけっぱなしにして、寝ます。
 　（把電燈開著睡覺。）
 　→電気をつけっぱなしにせず、寝ます。
 　（→不把電燈開著睡覺。）

28. 向上（提升）
 ・生活レベルの向上を目指す。
 　（以生活水準的提升為目標。）
 ・品質の向上を図ります。
 　（謀求品質的提升。）

29. への（動詞名詞化）
 ・彼女に花を贈ります　→　彼女への花
 　（把花送給她　→　給她的花）
 ・王さんに手紙を書きます　→　王さんへの手紙
 　（寫信給小王　→　給小王的信）

30. Aでなくとも（就算不是 A 也～）
 ・日本人でなくても、日本語がぺらぺら。
 　（就算不是日本人，也會講一口流利的日語。）
 ・有名なブランドでなくとも、しっかりしているかばん。
 　（就算不是有名的品牌，但也是品質不錯的包包。）

まとめ問題

1. 田中さんは「必ずやります」と言（　　　　　）、約束を破った。
   ① いながら　　② ってけど　　③ ったからには

2. 恐竜は鳥の祖先に（　　　　）。
   ① あげる　　② あたる　　③ かわる

3. （　　　　）簡単そうだが、実際にするとなかなかできない。
   ① いっけん　　② ひとめで　　③ いったん

4. 書き（　　　　）レポートのデータが消えた。
   ① かかる　　② かける　　③ かけの

5. 年が明ける（　　　　）、一斉に花火が打ち上がった。
   ① につれて　　② にしたがい　　③ とともに

6. 友達の引越しを手伝う（　　　　）食事を奢ってもらう。
   ① かわりに　　② ついでに　　③ あげくに

7. 必要ないかもしれないが、（　　　　）傘を持っていく。
   ① おもわず　　② とりあえず　　③ 必ずしも

8. 今、エレベーターは工事中です。つまり、階段を使うしかないという（　　　　）です。
   ① こと　　② もの　　③ はず

9. 専門家で（　　　　）、ネットで世界中の資料を見ることができます。
   ① なければ　　② ないでも　　③ なくとも

10. コートを脱ぎ（　　　　）にして、ハンガーに掛けない。
    ① っきり　　② まま　　③ っぱなし

聴解問題

まず質問を聞いてください。それから話を聞いて、1から4の中から最もよいものを一つ選んでください。

　　1)（　　　　　）

＊聴解問題音檔 QR Code 請參閲 P.11

コーラの豆知識

土用の丑の日

　　日本的夏天炎熱，很容易讓人沒精神、沒食欲，這種情形在日文中叫「夏バテ」。

　　為了預防「夏バテ」，也為了補充體力，日本人會在「土用の丑の日（一般是 7、8 月）」吃鰻魚，然而鰻魚產量越來越少，因此「鰻の蒲焼」的價格越來越貴……。

　　在「土用の丑の日」的日子裡，除了「鰻」外，日本人也會吃「う」開頭的食物，對抗暑據說也有很好的效果，例如：「梅干」、「うどん」、「瓜」等。

1. 《　　　　　》の中から最もよいものを選んでください。
　　必要な場合は、適当な形に変えてから書いてください。

1）どこの国から来たお客様にも楽しんでいただけるように、（　　　　　）作りました。
　どうぞ。
2）皆様に（　　　　　）いただいたおかげで、無事仕事を終えることができました。
3）その果物、食べちゃだめよ。（　　　　　）から。
4）冷蔵庫にあるケーキ、（　　　　　）食べないでね。おばあちゃんにあげるケーキだか
　ら。
5）何をしたらいいかわからないから、（　　　　　）掃除でもしておこうかな。
6）犬が大通りを（　　　　　）のを見た。
7）最近、よくわからない（　　　　　）をいろいろ言われて困っている。
8）すごい！頑張って練習した（　　　　　）があったね。
9）この課題、難しかったけど1人でやり（　　　　　）！
10）指輪をしているから、（　　　　　）結婚したのかと思ったよ。

《　　遂げる　支える　工夫を凝らす　てっきり　傷む
　　クレーム　勝手　甲斐　横切る　とりあえず　　》

2. 《　　　　》の中から最も適当なものを選んでください。

1)（　　　　）駅で小学校の同級生に会った。

　　《　おもいきって　／　おもわず　／　おもいがけず　／　おもいこんで　》

2)（　　　　）晩ご飯の用意を始めようかな。

　　《　とりあえず　／　とっくに　／　どうしても　／　どうやら　》

3) あの図書館では子どもたちの声がうるさくて、（　　　　）勉強が進まなかった。

　　《　せめて　／　せいぜい　／　いっこうに　》

4) 部長は（　　　　）怖そうだが、実はとても優しい人だ。

　　《　いずれ　／　いちいち　／　いっけん　／　いっそ　》

5)（　　　　）なって練習すれば、もう少しピアノが上手になるかもしれない。

　　《　あくまでも　／　むりに　／　かってに　／　ひっしに　》

6)（　　　　）彼女があの芸能人だったとは思わなかった。

　　《　まさか　／　まさに　／　まるで　／　まして　》

7) すぐに帰るつもりが、（　　　　）話し込んでしまった。

　　《　ついに　／　つい　／　つまり　》

8) 卒業式は終わったが、学生たちは（　　　　）帰ろうとしない。

　　《　なにしろ　／　なんて　／　なかなか　／　なるべく　》

9) 毎年お年玉を貯金していたら、（　　　　）１００万円も貯まった。

　　《　なんでも　／　なにかと　／　なんて　／　なんと　》

10) A：私こんなかばんが好きなんだ。もうちょっとお金があったら買うんだけど。

　　　B：（　　　　）今日は買わないってことだね。

　　《　つまり　／　それで　／　ついに　／　それに　》

ふくしゅう　復習

3.《　　　　　》の中の表現を並べ替えて、正しい文にしてください。

1)彼女は《　見た　／　怖いもの　／　かのような　／　でも　／　何か　》顔をしていた。

→彼女は＿＿＿＿＿＿＿＿＿＿＿＿＿＿＿＿＿＿＿＿＿＿＿顔をしていた。

2)《　はじめる　／　仕事　／　あたって　／　に　／　を　》こちらの注意事項をよく守ってください。

→＿＿＿＿＿＿＿＿＿＿＿＿＿＿＿＿＿こちらの注意事項をよく守ってください。

3)《　あり　／　このカメラは　／　で　／　ながら　／　小型　》かなり性能がいい。

→＿＿＿＿＿＿＿＿＿＿＿＿＿＿＿＿＿＿＿かなり性能がいい。

4)わたしは一度も《　と　／　飼った　／　いった　／　ペットを　／　ことがない　／　犬や猫　》。

→わたしは一度も＿＿＿＿＿＿＿＿＿＿＿＿＿＿＿＿＿＿＿＿。

5)《　大変そうだ　／　遂げる　／　あの仕事を　／　やり　／　かなり　／　のは　》。

→＿＿＿＿＿＿＿＿＿＿＿＿＿＿＿＿＿＿＿＿＿＿＿＿。

6)誰が《　だろうか　／　なんて　／　信じる　／　彼の話　》。

→誰が＿＿＿＿＿＿＿＿＿＿＿＿＿＿＿＿＿＿＿＿＿＿＿＿。

7)《　いかない　／　税金は　／　には　／　払わない　／　わけ　》。

→＿＿＿＿＿＿＿＿＿＿＿＿＿＿＿＿＿＿＿＿＿＿＿＿＿。

8)ヒーローはいつも《　かけた　／　やって来る　／　諦め　／　時に　》。

→ヒーローはいつも＿＿＿＿＿＿＿＿＿＿＿＿＿＿＿＿＿＿＿。

9)《　あたる　／　失礼　／　人に指を　／　に　／　指すのは　》。

→＿＿＿＿＿＿＿＿＿＿＿＿＿＿＿＿＿＿＿＿＿＿＿＿＿。

10)彼は部屋に《　と　／　叫び　／　思ったら　／　か　／　だした　／　入った　》。

→彼は部屋に＿＿＿＿＿＿＿＿＿＿＿＿＿＿＿＿＿＿＿＿＿。

範囲内容：　第４〜６課

4. 次の文章を読んで、文章全体の内容を考えて、[1]から[4]の中に入る最もよい ものを、①から④から一つ選んでください。

　　「食育」という言葉を聞いたことがあるだろうか。読んで字のごとく「食べること」に関する「教育」のことだ。食育の重要性が指摘されるのは、食べることに関するさまざまな問題が増え[1]ためだ。例えば、栄養バランスの悪い食事のため太りすぎてしまったり、そのために生活習慣病になる人が増えていること。反対に、栄養バランスについて考え[2]、容姿のために過度なダイエットを行う女性も少なくない。さらには「孤食」といって、1人で食事をする人が増えているという問題だ。1人で食事をすることのどこが悪いのかと思われるかもしれないが、誰かと食事を共にする人のほうがそうでない人に比べて心の健康状態がよく、また食事内容にも気を使うということが調査で明らかになっている。

　　これらの問題を解決するためにいちばん簡単なのは、[3]家族と朝食をとることだ。1日の始まりである朝食は健康的な食習慣を意識するきっかけとして最適だろう。それ[4]朝食をとることで脳の活動が活発になり、午前中の仕事や学習にもより集中できるに違いない。

　　「食べること」について少しでも気になる人は、まずは朝食から始めてみてはどうだろうか。

[1]	① てくる	② つつある	③ てしまう	④ ていく
[2]	① ながらも	② て	③ るにあたって	④ つつあるが
[3]	① てっきり	② それで	③ そこで	④ やはり
[4]	① にともなって	② しだいで	③ とともに	④ にとって

5. 《聴解問題》まず質問を聞いてください。それから話を聞いて、1から4の中から最も
よいものを一つ選んでください。

1) (　　　　　)
2) (　　　　　)
3) (　　　　　)

＊聴解問題音檔 QR Code 請參閲 P.11

- につけて
- 〜をめぐり
- 〜からこそ
- 〜にこたえて
- 〜にかまわず
- 〜わけではない
- 〜を問わず
- 〜にしたところで
- 〜にある
- Ａに先立ってＢ

一緒に頑張りましょう！

07 お辞儀
第七課

〈 たんご 単語 〉

單字	漢字	中譯	詞性
1 いっぱんろん	一般論	普遍的看法	名詞
2 えしゃく	会釈	點頭	名詞
3 おじぎ	お辞儀	鞠躬	名詞
4 おわび	お詫び	道歉	名詞
5 かふく	下腹	下腹部	名詞
6 ぎょうじ	行事	習慣舉行的活動	名詞
7 けいい	敬意	敬意	名詞
8 けいれい	敬礼	敬禮	名詞
9 けんかい	見解	見解	名詞
10 けんしゅう	研修	進修	名詞
11 しせい	姿勢	姿勢	名詞
12 じゅけん	受験	應考	名詞
13 じょうたい	上体	上半身	名詞
14 すがたみ	姿見	穿衣鏡	名詞
15 せすじ	背筋	脊梁	名詞
16 ふともも	太もも	大腿	名詞
17 マナー		禮節	名詞
18 めうえ	目上	上司、長輩	名詞
19 かかす	欠かす	缺少	動詞 I
20 すれちがう	擦れ違う	擦身而過	動詞 I
21 よろめく		搖搖晃晃	動詞 I
22 そえる	添える	附上	動詞 II
23 そろえる	揃える	整齊	動詞 II
24 ふまえる	踏まえる	根據	動詞 II
25 みちがえる	見違える	認不出	動詞 II

〈 たんご 単語 〉

單字	漢字	中譯	詞性
26 にゅうしつする	入室する	進入室內	動詞 III
27 かんぺき	完璧	完整	な形容詞
28 せいじつ	誠実	誠實	な形容詞
29 びんかん	敏感	敏感	な形容詞
30 さきだって	先立って	事先	副詞

07

だいななか　第七課

〈 お辞儀 〉

　日本人は、何かにつけてお辞儀をする。挨拶する時をはじめ、お礼を言う時や謝る時、敬意を表す時などの場面でされ、日本人の生活には欠かせないマナーの一つだ。また、総理大臣のお辞儀の仕方をめぐりインターネット上で様々な見解が出されたこともあり、日本人はお辞儀に敏感と言える。

　お辞儀なんて簡単だと思うかもしれない。しかし、誰でもうまくできるならアルバイトなどの新人研修で習うことはないだろう。誰にでもできそうだからこそ、ビジネスではその一般論にこたえて完璧にお辞儀する必要がある。

　まずは、基本的なお辞儀の仕方を見ていこう。

1、挨拶などの言葉はお辞儀の前に言う。「このたびは申し訳ございませんでした」
　　など、深く謝る時には同時に言うことが多い。
2、背筋を伸ばして立つ。男性は足を開きすぎないこと。女性はそろえる。
3、男性は手を太ももの横に添え、女性は左手を上にして下腹の辺りに両手を添え
　　たまま、背筋を伸ばして腰を折り曲げる。よろめかないように注意。すぐに頭を上
　　げないことも大切。
4、ゆっくり腰を戻す。
　　お辞儀の最初と最後には、相手の目を見るようにしよう。

　また、ところかまわず同じお辞儀をすればいいというわけではない。よく使うお辞儀の種類は 3 つある。

〈 お辞儀 〉

1、会釈

姿勢正しく立ち、上体を 15 度ほど前に曲げる。時間や人を問わずでき、「こんにちは」などの挨拶、通路等ですれちがう時や、離れた所にいる人に対してもする。

2、敬礼

上体を 30 度ほど前に曲げる。「いらっしゃいませ」「ありがとうございました」など、お客様や目上の人に敬意を表す時にする。面接などで入室する時もこのお辞儀だ。これに限らず、他には新年の挨拶など、特別な行事の時にも使用する。

3、最敬礼

上体を 45 度ほど前に曲げる。深く感謝の気持ちやお詫びを申し上げる時にする。

きれいなお辞儀は、特に外国人ができるとそれだけで誠実そうに見える。よって、受験や就職の面接では好印象を与えることができる。日本人にしたところで、お辞儀が下手な人も多いが、上手なお辞儀がどんなものかは皆わかる。

では、お辞儀がきれいでない場合、何がいけないのか。ポイントは背筋の曲がりにある。おすすめは、大きな姿見を体の横に置き、腰を曲げる角度を確認しながら練習することだ。練習次第で見違えるようにきれいにできるようになる。

以上を踏まえ、仕事で来日する予定があるなら先立ってお辞儀を練習してはどうだろうか。

文 型

1. につけて (每〜就…)
   ・この歌を聴くにつけ、学生時代の自分を思い出す。
   　(每當聽到這首歌，都會想起學生時代的自己。)
   ・あの人は何かにつけて、文句を言う。
   　(那個人動不動就抱怨。)

2. 〜をはじめ (以〜為代表、開端)
   ・台湾には、「蚵仔煎」をはじめ、たくさんの美味しい食べ物がある。
   　(台灣除了「蚵仔煎」以外，還有很多美食。)
   ・春になったら、桜をはじめ、桃やツツジなど、様々な花が咲く。
   　(春天一到，櫻花、桃花、杜鵑等，各式各樣的花都會盛開。)

3. 欠かせない (不可或缺的)
   ・花をきれいに育てるには、毎日の手入れが欠かせない。
   　(要把花種得很漂亮，每天的照顧是不可或缺的。)
   ・この本は猫の研究には欠かせない貴重な資料だ。
   　(這本書是對於貓的研究不可或缺的貴重資料。)

4. 〜をめぐり (圍繞著〜(＋議論、對立、競爭))
   ・今度の会議は賃上げの問題をめぐって、議論する。
   　(這次會議圍繞著提升薪資問題討論。)
   ・ダムの開発をめぐり、賛成派と反対派の対立が続いている。
   　(關於水庫的開發，贊成的人跟反對的人僵持不下。)

5. ○○上 (從〜點來看 / 在〜方面上)
   ・最近のテレビは、子どもの教育の上(うえ)では、よくない番組が多い。
   　(以孩童教育的觀點來說，最近電視裡有很多不好的節目。)
   ・これらの携帯は外見上(じょう)みんな同じだが、機能はかなり違う。
   　(這些手機在外觀上全都相同，但功能很不一樣。)

6. 〜ことはない (用不著〜)
   ・そんな小さなことは私に報告することはない。
   　(那點小事不用向我報告。)
   ・十分時間があるから、焦ることはない。
   　(還有很多時間，不用焦急。)

7. 〜からこそ (正因為〜)
   ・あの時頑張ったからこそ、今の自分がある。
   　(正因為那時候努力了，才有現在的自己。)
   ・これはラジオだからこそ、できる企画だ。
   　(這是電台才能做到的企劃。)

・期待が大きければこそ、彼女には厳しく言うんです。
（正因為期待很大，才對她嚴格地斥責。）
・喜びも、悲しみも、生きていればこそだ。
（正因為活著，所以有喜悅有悲傷。）

8. ～にこたえて（回應 / 順應 / 滿足～）
・政府は国民の要求にこたえて、経済の改革を推し進めた。
（政府因應國民的要求，進行了經濟改革。）
・優勝した選手は観客の声援にこたえて、手を振った。
（冠軍選手回應觀眾的支持揮了揮手。）

9. ～ことだ（建議）
・「病は気から」と言いますから、あまり悩まないことです。
（因為俗話說「病打心上起」，所以應該不要太煩惱。）
・疲れたときはゆっくり休むことだ。
（累的時候應該好好休息。）

10. 揃える
① 使～一致
・国民たちは口をそろえて、政策に反対している。
（國民口徑一致地反對政策。）
・足をそろえて、お礼をする。
（併攏雙腳道謝。）
② 備齊
・商品をそろえて、コンビニを開店する。
（備齊商品，開便利商店。）

11. 添える
① 添加
・花束にメッセージを添える。
（將留言卡放在花束裡。）
・入学願書に写真を添えて、提出する。
（把照片貼在入學申請書上，提交。）
② 讓手跟某東西碰在一起
・額に手を添えて、熱を診る。
（把手放在額頭看有沒有發燒。）
・庇うように、右手に左手を添える。
（彷彿是要給予庇護般，把左手放在右手上。）

07

だいななか　第七課

文　型

12. A まま B（在 A 情況下做 B）
　・夜中、裸のまま、グランドを走った。
　　（大半夜的全裸跑操場。）
　・顔にご飯粒が付いたまま、好きな人に告白した。
　　（臉上黏著飯粒的情況下向喜歡的人告白。）
　・今朝、ズボンをはかないまま、コンビニに行った。
　　（今天早上沒有穿褲子就跑去便利商店。）

13. ～ようにしよう（儘量～ / 致力於～（人為努力））
　・野菜を食べるようにしましょう。　→　食べるようにしよう。
　　（儘量多吃一些蔬菜吧。　→　儘量吃吧。）
　・ダイエットするために、甘いものを控えるようにしよう。
　　（要減肥的話，儘量少吃甜食吧。）
　・健康のために、夜更かししないようにしよう。
　　（為了健康，儘量不要熬夜吧。）

14. ～にかまわず（不在乎～）
　・彼はだらしない人で、少しも服のことにかまわない。
　　（他是很邋遢的人，一點也不修邊幅。）
　・私にかまわないで、先に行ってください。
　　（請不要管我，你先走。）

15. 同じ○○（相同的～）
　・計画も犯行も同じ人物に違いない。
　　（計畫與犯行肯定都是同一個人做的。）
　・彼と同じ学校に 20 年も勤めている。
　　（我跟他在同一間學校工作 20 年了。）

16. ～わけではない（並非～ / 並不是～）
　・私はあまり牛肉を食べないが、牛肉がきらいなわけではない。
　　（我不太吃牛肉，但是，並不是討厭牛肉。）
　・このレストランはいつも満員だが、とてもおいしいというわけではない。
　　（這家餐廳總是客滿，但是，並不是很好吃。）

17. ～を問わず（不管～ / 不分～）
　・トーフルは年齢を問わず、誰でも試験が受けられます。
　　（托福不分年齡，任何人都可以考。）
　・この仕事は性別、学歴を問わず、やる気があれば、どなたでも応募できます。
　　（這個工作不問性別與學歷，只要有幹勁，任何人都可以應徵。）

18. すれ違う（擦身而過 / 不同）
　　・廊下で先生とすれ違った。
　　　（在走廊跟老師擦身而過。）
　　・話がすれ違って、結論がなかなか出ない。
　　　（意見不同，怎麼也討論不出結論。）

19. 〜に対して（對某人進行動作 / 對某人表示情感）
　　・目上の人に対して、敬語を使わなければなりません。
　　　（對於長輩必須使用敬語。）
　　・この育児センターのスタッフたちは、赤ちゃんに対して本当に優しいです。
　　　（這個育兒中心的工作人員，對於嬰兒非常溫柔。）

20. A に限らず（B も…）（不只 A / 不限於 A（，B 也…））
　　・水泳に限らず、スポーツなら、何でも好きだ。
　　　（不只是游泳，只要是運動，什麼都喜歡。）
　　・就職難の今は、女性に限らず、男性も就職が厳しい。
　　　（就職困難的當今，不光是女生，就連男生就職也很困難。）

21. それだけ（相對）
　　・ブランド品は値段が高いが、それだけの価値がある。
　　　（名牌品價格很貴，但是，有相對的價值。）
　　・社員を増やせば、それだけ人件費がかかるだろう。
　　　（增加員工的話，相對地人事費用也會增加。）

22. 見える（看起來）
　　・若く見える
　　　（看起來很年輕）
　　・元気に見える
　　　（看起來很健康）
　　・30 歳に見える
　　　（看起來 30 歲）
　　・笑っているように見える
　　　（看起來在笑）

23. 能力動詞的潛規則
　　① 表示性質
　　・このナイフはよく切れます。〇
　　　（這把刀子很鋒利。）
　　・このナイフはよく切ることができます。✕

② 表示能力
・ ナイフでドリアンを切ることができない。〇
　（沒辦法用刀子切榴槤。）
・ ナイフでドリアンが切れない。〇
　（沒辦法用刀子切榴槤。）

24. ～にしたところで（～的立場來看＋束手無策（消極））
・ こんなに駐車違反が多いのでは、警察にしたところで、取り締まりの方法がないだろう。
　（違規停車這麼多，以警察的立場來看，也沒辦法取締吧。）
・ 急に質問されても、私にしたところで、何も答えられない。
　（突然被你這麼一問，以我的立場，也沒辦法回答。）

25. ～にある（（原因）是～）
・ 彼が疲れやすい原因は、栄養不足にある。
　（他會容易疲倦的原因是營養不足。）
・ 火事の原因はたばこの火の不始末にある。
　（火災的原因是因為香菸的火沒有處理好。）

26. ～次第（根據～／依～）
・ やるかやらないか、あなた次第です。
　（做還是不做，由你來決定。）
・ 考え方次第では、苦しい経験も貴重な思い出になる。
　（換個角度想想，痛苦的經驗也會變成貴重的回憶。）
・ 地獄の沙汰も金次第。
　（有錢能使鬼推磨。）

27. ～を踏まえ（依據～）
・ 調査結果を踏まえて、報告書をまとめる。
　（根據調查結果，彙整報告。）
・ 実情を踏まえ、対策を考える。
　（根據實際情況，考慮對策。）

28. A に先立って B（在 A 之前先做 B）
・ このレストランは開店に先立って、歓迎会が行われます。
　（這家餐廳在開幕之前，先舉辦歡迎會。）
・ 週休三日制の実施に先立って、周到な計画を立てなければならない。
　（在週休三日制實施之前，必須先立好完整的計畫。）

1. FB で友達の活躍を見る（　　　　　　）、自分も頑張ろうという気持ちになる。
   ① につけ　　　② につき　　　③ について

2. 遺産を（　　　　　　）、兄弟で争う。
   ① とおし　　　② めぐり　　　③ もって

3. 時間を戻せる（　　　　　　）、1年前に戻したい。
   ① ものなら　　　② はずなら　　　③ わけなら

4. 佐藤選手はファンの期待に（　　　　　　）、優勝した。
   ① おうじて　　　② たいして　　　③ こたえて

5. 緊張して頭が真っ白になった時は、まず深呼吸する（　　　　　　）だ。
   ① もの　　　② はず　　　③ こと

6. アメリカに住めば、必ず英語が話せるようになる（　　　　　　）ない。
   ① わけが　　　② わけでは　　　③ わけにはいか

7. この道は昼夜を（　　　　　　）、車が多い。
   ① とわず　　　② かかわらず　　　③ ともに

8. この漫画は日本に（　　　　　　）、世界中にファンがいる。
   ① よらず　　　② かかわらず　　　③ かぎらず

9. 道路で事故が起きれば、バスの運転手にした（　　　　　　）で、時間通りに運行することはできない。
   ① こと　　　② くらい　　　③ ところ

10. コンサートのチケットは一般販売に（　　　　　　）、ファンクラブ向けの販売もある。
   ① したがって　　　② さきだって　　　③ すすんで

聴解問題

まず質問を聞いてください。そのあと、選択肢を読んでください。それから話を聞いて、1から4の中から最もよいものを一つ選んでください。

    1)（　　　　）

        選択肢　① 接客が好きだから

                ② 実家が料亭を経営しているから

                ③ 両親にそうするように言われたから

                ④ 知り合いが紹介してくれたから

＊聴解問題音檔 QR Code 請參閱 P.11

コーラの豆知識

油断一秒怪我一生

　　日文中有句話叫「油断一秒、怪我一生」，一般
我們都簡稱為「油断大敵」。
　　「油断」這個說法其實出自於「涅槃経」，據說
從前有個國王命令他的部下手持裝滿油的鉢走路，要
是滴出一滴油（もし一滴でもこぼしたなら）就「當
斷汝命（汝の命を断つ）」。所以後來我們就把
「疏忽大意」叫作「油断」。

一緒に頑張りましょう！

08 招き猫
第八課

〈 たんご 単語 〉

	單字	漢字	中譯	詞性
1	アップ		提高	名詞
2	いんしょくてん	飲食店	飲食店	名詞
3	えんぎもの	縁起物	吉祥物	名詞
4	おしょう	和尚	和尚	名詞
5	おす	雄	公的	名詞
6	がくぎょう	学業	學業	名詞
7	きふ	寄付	捐贈	名詞
8	きんうん	金運	財運	名詞
9	けいだい	境内	神社、寺廟的院內	名詞
10	こうじょう	向上	提高	名詞
11	ごうとくじ	豪徳寺	寺廟的名稱	名詞
12	しきん	資金	資金	名詞
13	じょうだん	冗談	玩笑	名詞
14	しょうびょうどう	招猫堂	佛堂的名稱	名詞
15	しょせつ	諸説	各種議論	名詞
16	たがく	多額	巨額	名詞
17	とのさま	殿様	江戶時代對「大名」的敬稱	名詞
18	はっしょう	発祥	發祥	名詞
19	はんじょう	繁盛	繁榮	名詞
20	ポーズ		姿勢	名詞
21	まよけ	魔除け	避邪	名詞
22	めす	雌	母的	名詞
23	らいう	雷雨	雷雨	名詞
24	たちよる	立ち寄る	順便到	動詞Ⅰ
25	もりかえす	盛り返す	恢復	動詞Ⅰ

〈 たんご 単語 〉

單字	漢字	中譯	詞性
26 よくばる	欲張る	貪得無厭	動詞 I
27 あふれる	溢れる	溢出	動詞 II
28 まねく	招く	招呼	動詞 II
29 あっとうする	圧倒する	壓倒	動詞 III
30 たしゅたよう	多種多様	各式各樣	な形容詞
31 せいいっぱい	精一杯	竭盡全力	副詞

〈 招き猫 〉

「招き猫」を見たことがあるだろうか。よく日本の飲食店や会社のロビーなどに置かれている、前足で人を招くようなポーズをとった猫の置物である。「商売繁盛」の縁起物として、江戸時代から客商売の店で飾られるようになった。

一般的に招き猫は右手をあげている。しかし、左手のほか、両手をあげていたりするのもあるところを見ると、それぞれ意味があるのだろう。調べてみた。

【「右手」をあげた招き猫】
雄猫とされており、金運や幸運を呼ぶ。
【「左手」をあげた招き猫】
雌猫とされており、お客さんを呼ぶ。
【「両手」をあげた招き猫】
右手と左手の両方の意味を持つ。

古くからの招き猫ではなく、これは最近のもの。ただし、贈る時には注意が必要だ。両手をあげるのは「万歳」しているようにも見えるが、欲張り過ぎても「お手上げ」ととられる恐れがあるため嫌う人もいる。

また、招き猫の手の長さや色にも意味があるそうだ。耳より高く腕を伸ばしているのは、より遠くから金運やお客さんを呼ぶためだとか。色は、金色は金運アップ。青は交通安全や学業向上、ピンクは恋愛運アップ、黒は魔除けなどに効果があると言われている。運を高められるのなら何をしてもいいというものではないだろうが、より人々に気に入られるようにと招き猫は変化してきたようだ。

〈 招き猫 〉

　招き猫の由来は諸説あるが、有名なのは豪徳寺説だ。江戸時代、この寺は貧しく、維持するだけの資金もなくて和尚は困り果てていた。そんな時、飼い猫が通りかかったお殿様を門前で手招きして寺に呼び、お殿様を立ち寄らせた。すると、雷雨が降り始めた。猫のおかげで濡れずにすんだと喜んだお殿様は、その後多額の寄付をし、寺は盛り返したとのこと。それから和尚は、精一杯感謝の気持ちを込めて境内に招猫堂を建てたそうだ。招き猫発祥の寺というだけのことはあって、今でも豪徳寺は招き猫であふれ、観光スポットになっている。

　岡山県には招き猫美術館がある。その数の多さといったら、冗談抜きで叫ぶところだった。多種多様な招き猫が 700 体もあるのだ。デートで行ったにもかかわらず、圧倒されて彼と腕を組むどころではなかった。

　外国人の友達が来日するたびに悩むことといえば、国へのお土産は何がいいか聞かれることだ。けれど、他にいいものが思いつかない限り小さい招き猫を勧めることにしている。ぜひ、あなたも自分にぴったりな招き猫を探してみてはどうだろうか。

文　型

1. V る・V たことがある (有時候 / 曾經)
   ・渋滞のため、会社に遅刻することがある。
   　(因為塞車的關係，偶爾上班會遲到。)
   ・北極でオーロラを見たことがある。
   　(曾經在北極看過極光。)

2. ～ようになる (變得～)
   ① 能力變化
   ・毎日、少しずつ飲んで、お酒が飲めるようになりました。
   　(每天喝一點點，就變得會喝酒了。)
   ② 情況、習慣變化
   ・よく眠れるように、寝る前にお酒を飲むようになりました。
   　(為了能好好睡覺，睡覺前變得習慣會喝酒。)

3. ～ほか (除了～外…也)
   ・趣味は水泳のほか、映画鑑賞も好きだ。
   　(興趣除了游泳之外，也喜歡看電影。)
   ・文書で提出するほか、口頭でも説明できる。
   　(除了用書面方式提出外，用口頭說明也是可以的。)

4. ～ところをみると (看到～的情況、樣子)
   ・怠け者の兄が掃除したところを見ると、女性の友人が遊びに来るのだろう。
   　(看到懶人哥哥在打掃，大概是他的女性朋友要來玩吧。)
   ・赤ちゃんが泣いているところを見ると、お腹が空いているのだろう。
   　(看到小寶寶正在哭，應該是肚子餓了吧。)

5. ～とされる (被視為～ / 被認定為～)
   ・犬が人間の最も忠実な友達とされる。
   　(狗被視為是人類最忠實的朋友。)
   ・北朝鮮は危ない国の一つとされる。
   　(北韓被認定為危險的國家之一。)

6. ～からの (來自於～的…)
   ・母からの手紙を大事にしています。
   　(把媽媽給我的信，好好地收藏起來。)
   ・卒業の時の先生からの教えはなかなか忘れられない。
   　(畢業時老師的教誨怎麼也忘不了。)

7. ただし (但是)
   ・4月4日の入園は無料です。ただし、子どもに限ります。
   　(4月4日當天的入園是免費的，但只限於小孩子。)
   ・明日朝9時集合。ただし雨の場合は中止。
   　(明天早上九點集合。但是下雨的話就中止。)

文　型

8. 見える（看起來～）
 ・彼は年齢よりも、若く見える。
 　（他比起他的年齡看起來更年輕。）
 ・自分の仕事に情熱を注ぐ男は一番ハンサムに見える。
 　（對於自己的工作注入熱情的男性看起來最帥。）
 ・甘いものばかり食べていて、20 歳の人が 40 歳に見える。
 　（一直吃甜食，結果 20 歲的人看起來像 40 歲。）
 ・遠くから見ると、校長先生の頭は禿げているように見える。
 　（從遠方來看，校長的頭好像禿了的樣子。）

9. とる（認定為～）
 ・せっかくの好意が悪くとられる。
 　（難得的好意被認為是惡意。）
 ・昔の人は天変地異を神の怒りととった。
 　（以前的人把天災地變認為是神明生氣。）

10. ～恐れがある（有～的可能性）
 ・この煉瓦造りの家は地震で倒壊する恐れがある。
 　（這個用磚瓦造的房子有可能因為地震而倒掉。）
 ・失恋のショックで、彼は自殺する恐れがある。
 　（因為失戀的衝擊，他有可能會自殺。）

11. より（更～）
 ・より美しい国を目指して、首相は様々な改革を行う。
 　（首相以追求更美好的國家為目標，進行各式各樣的改革。）
 ・子どもをより健康に育てるために、栄養のある料理をとらせることだ。
 　（為了讓小孩更健康成長，應該要讓小孩吃有營養的料理。）

12. ～とか（不確定）
 ・田中さんは風邪を引いたとかで、休むそうだ。
 　（聽說田中さん因為感冒之類的原因而請假。）
 ・陳さんは家族が病気だとかで、困っているらしい。
 　（聽說小陳因為家人生病之類的關係，而很困擾的樣子。）

13. ～除け（防止～ / 避免～）
 ・熊手は魔よけの、お守りの一つだ。
 　（熊手是驅邪用的一種護身符。）
 ・日本人の家は雨よけをつけるのが一般的だ。
 　（日本人的房子裝設避雨棚是很一般的。）

14. ～というものではない（常識）
 ・辛いこともあれば、楽しいこともある。それが人生というものだ。
 　（有辛苦也有快樂的事情。那就是人生。）

・相手が好きだから結婚できるというものではない。
　（並不是喜歡對方，就能夠結婚的。）

15. ～果てる（完全～ / 非常地～ / 極度～）
・仕事と育児の両立ができなくて、疲れ果てている。
　（工作跟養育小孩沒有辦法兼顧，非常地累。）
・大臣は嘘ばかりつくので、国民は飽き果てている。
　（因為官員總是在說謊，所以國民都覺得厭煩了。）

16. ～ないで＝～ずに（不～）
・行かないで　→　行かずに　・食べないで　→　食べずに　・しないで　→　せずに
・飲まないで　→　飲まずに　・寝ないで　→　寝ずに　　　・勉強しないで　→　勉強せずに
・帰らないで　→　帰らずに　・考えないで　→　考えずに　・来ないで　→　来ずに

17. ～ずに済む（不～就處理好、結束）
・軽い風邪なので、薬を飲まずに済む。
　（因為只是小感冒，不吃藥也會痊癒。）
・検査の結果によっては、手術せずには済まないだろう。
　（看檢查結果判斷，有可能不動手術不會好。）

18. ～とのこと（據說 / 聽說）
・天気予報によると、台風が近づいているとのことです。
　（根據天氣預報，聽說颱風正在接近中。）
・新聞によると、あの芸能人は来月結婚するとのことです。
　（根據報紙報導，聽說那個藝人下個月要結婚。）

19. 精一杯（竭盡全力）
・出世するために、精一杯努力する。
　（為了要出人頭地非常地努力。）
・これぐらい頑張るのが、僕にとってもう精一杯だ。
　（這麼拼命對我來說已經是極限了。）

20. ～を込める（集中 / 專注）
・願いを込めて、絵馬を書きます。
　（誠心誠意地寫繪馬。）
・このパンは心を込めて、丁寧に作りました。
　（這個麵包是我用心、仔細製作的。）

21. ～だけのことはある（真不愧是～ / 果然是～）
・彼は走るのが速い。さすがサッカー選手だけのことはある。
　（他跑得很快。不愧是足球選手。）
・この店の料理は安くてうまい。行列ができるだけのことはある。
　（這家店的東西便宜又好吃，不愧是大排長龍的店。）

22. ～と言ったら（＋不滿、失望、驚訝等情緒）（說到～）
　　・あの時の悔しさと言ったら、もう口では表せない。
　　　（說到當時的後悔，已經沒辦法用言語表達。）
　　・うちのボーナスと言ったら、雀の涙ほどしかない。
　　　（說到我們公司的獎金，真是少之又少。）

23. ～抜きで（去除～ / 省略～ / 缺少～）
　　・わさび抜きの刺身は美味しくない。
　　　（不加芥末的生魚片不好吃。）
　　・冗談は抜きにして、本題に入りましょう。
　　　（我們不要開玩笑話了，進入正題吧。）

24. ～ところだった（差一點～）
　　・道を歩いていたら、横道から出てきた自動車に危うくぶつかるところだった。
　　　（在路上走著走著，差點撞到從支道出來的車。）
　　・昨日料理を作ったとき、もうちょっとで指を切りそうになった。
　　　（昨天在做菜的時候，差一點就切到手指。）

25. ～にもかかわらず（即使、就算～也…）
　　・雨にもかかわらず、愛する人に会うために、彼は出かけた。
　　　（雖然下著雨，但為了見心愛的人，他還是出去了。）
　　・ひどい風邪を引いたにもかかわらず、会社へ仕事に行く。
　　　（雖然感冒很嚴重，但還是去公司工作。）

26. ～どころではない（できる状態ではない）（可不是～的時候）
　　・忙しくて、デートどころではない。
　　　（很忙，可不是約會的時候。）
　　・歯が痛くて、勉強するどころではない。
　　　（牙齒很痛，不是念書的時候。）

27. ～たびに（每當～就…）
　　・この写真を見るたびに、彼女を思い出す。
　　　（每當看到這張照片，就會想起她。）
　　・父は旅行に行くたびに、美味しいお土産を買ってきてくれます。
　　　（爸爸每次去旅行，都會買好吃的伴手禮回來。）

28. ～ない限り（只要不～ / 只要沒～）
　　・責任者のサインがない限り、この計画書を通すわけにはいかない。
　　　（只要沒有負責人的簽名，這個計畫書就不可能通過。）
　　・指導教授が認めない限り、卒業することはできない。
　　　（只要指導教授沒有認可，就沒有辦法畢業。）

まとめ問題

1. 最近ずっと嬉しそうにしているところを（　　　　　　）、彼女でもできたのだろう。
   ① みたら　　② みると　　③ みれば

2. 暗いところでパソコンを使っていると、目が悪くなる（　　　　　）がある。
   ① おそれ　　② こわさ　　③ あげく

3. 新しい携帯は写真が（　　　　　）綺麗に撮れるようになった。
   ① まして　　② くらべて　　③ より

4. 来週は花火大会がある（　　　　　）。
   ① とか　　② とき　　③ からに

5. 努力すれば必ずいい結果が出るという（　　　　　）ではない。
   ① もの　　② こと　　③ はず

6. 友達が車で送ってくれたので、バスを待たずに（　　　　　）。
   ① しまった　　② すんだ　　③ やんだ

7. ニュースによると、雪の影響で電車が止まっている（　　　　　）。
   ① といった　　② とのこと　　③ というところ

8. 読みながら、感動して涙が出た。ベストセラーになっている（　　　　　）ある。
   ① ことが　　② ということで　　③ だけのことは

9. 昨日注意されたにも（　　　　　）、今日も同じミスをしてしまった。
   ① よらず　　② かかわらず　　③ かまわず

10. 許可がない（　　　　　）、この公園で物を売ってはいけない。
    ① かぎり　　② ばかり　　③ より

聴解問題

まず質問を聞いてください。そのあと、選択肢を読んでください。それから話を聞いて、
1から4の中から最もよいものを一つ選んでください。

1) (　　　　　)

選択肢　① テレビを買い替える

② パソコンを修理してもらう

③ 新しいパソコンとテレビを買いに行く

④ 電気屋へ行って修理や買い替えにいくらかかるか教えてもらう

＊聴解問題音檔 QR Code 請参閲 P.11

一緒に頑張りましょう！

第九課

09 だいきゅうか

- における
- ～ものなら
- ～限り vs. ～ない限り
- ～こと
- 凝る
- せっかく
- ～させられる
- ～のもとに vs. ～のもとで
- ～ものか
- ～ことか

〈 たんご 単語 〉

	單字	漢字	中譯	詞性
1	えいせい	衛生	衛生	名詞
2	えんそく	遠足	遠足	名詞
3	かがいじゅぎょう	課外授業	課外活動	名詞
4	がくしょく	学食	學校餐廳	名詞
5	かじ	家事	家務	名詞
6	キャラクター		角色	名詞
7	きゅうしょく	給食	營養午餐	名詞
8	こうねつ	高熱	高燒	名詞
9	こわけ	小分け	分成小部分	名詞
10	しばふ	芝生	草坪	名詞
11	すききらい	好き嫌い	挑剔	名詞
12	せっかく		難得	名詞
13	たんしゅく	短縮	縮短	名詞
14	てづくり	手作り	親手做	名詞
15	ともばたらき	共働き	夫婦都在工作	名詞
16	パンダ		熊貓	名詞
17	ハンバーグ		漢堡肉餅	名詞
18	ひろうえん	披露宴	喜宴	名詞
19	みため	見た目	外表	名詞
20	ゆうしょく	夕食	晚餐	名詞
21	よほど	余程	相當	名詞
22	れいとう	冷凍	冷凍	名詞
23	かなう	敵う	比得上	動詞I
24	こる	凝る	講究	動詞I
25	なやます	悩ます	令人煩惱	動詞I

〈 たんご 単語 〉

單字	漢字	中譯	詞性
26 ためる	溜める	積存	動詞 II
27 けいげんする	軽減する	減輕	動詞 III
28 じかくする	自覚する	自覺	動詞 III
29 たんとうする	担当する	擔任	動詞 III
30 とうじょうする	登場する	登場	動詞 III

〈 手作り弁当 〉

「弁当作り」、これは日本における毎日の家事の一つと言ってもいいだろう。日本の幼稚園から中学校では、たいてい給食がある。しかし、高校からは毎日昼食を用意しなければならない。そこで登場するのが、弁当だ。多くの家庭では、母親が弁当作りを担当している。

幼稚園や小学校でも、遠足などの課外授業の時には必要だ。そんな特別な日に、手作りでなく店で買ってこようものなら、私の時代はよほどの理由がない限り変な目で見られたものだ。手作り弁当が、それだけ愛情の形ととられていたのかもしれない。しかし、弁当に何を入れようかと悩まされている母親は多い。共働きが増えた今日、さすがに毎日全て手作りのものを入れるなんて、とてもできない。かといって、弁当用の冷凍食品は便利なことは便利だが、栄養を考えると手作りにはかなわない。というわけで、週に一度作り溜めをして小分けに冷凍するのが流行っているそうだ。弁当作りの時間短縮にもなるので、みなさんにもぜひ試してほしい。

たいていの弁当は、夕食の残りを入れるものだが、一方で凝る人もいる。キャラ弁といって、おにぎりでパンダを作ったり、ハンバーグでクマを作ったりしたものを入れた、見た目に楽しい弁当のことだ。かわいいキャラクター付きの弁当は、子どもの好き嫌いを軽減させるための工夫である。けれど、いくら子どもが喜ぶからといっても、凝り過ぎるのではせっかくの子どもとの時間が減ってしまう。キャラ弁は準備が大変で、一つ作るのに平均2時間近くかかるのだ。また、衛生的な問題でキャラ弁は禁止している幼稚園もある。

〈 手作り弁当 〉

　私の母は高熱が出た時すら毎日弁当を作ってくれた。我慢させられたとは思っては
いないけれど、寒い冬に学食でラーメンを食べている友達がうらやましくてしょうがな
かったのを覚えている。私の弁当は保温弁当で、あったかいご飯や味噌汁が入れられ
るものであったけれど、昼時には少し冷めてしまうのだ。いい母親のもとで育ったと自
覚はしているが、やはり隣の芝生は青く見えた。

　もう二度とあんなこと思うものか。毎日弁当を作りつづけるということがどれだけ
大変なことか、今ならわかる。感謝の気持ちは、結婚式の披露宴の時に手紙にて表し
たけれど、これからは夫や子どもに母と同じことをしていけたらと思う。

文　型

1. （場所、時間、領域）＋における（＝で）（在～）
   ・開会式は体育館の大ホールにおいて、行われる予定です。
   （開幕儀式預定在體育館的大禮堂舉行。）
   ・2017 年におけるスマートフォンの生産台数は前の年の 2 倍になった。
   （2017 年智慧型手機的生產台數是去年的兩倍。）

2. と言ってもいい / 過言ではない / 言い過ぎではない（說是～也不為過）
   ・PM2.5 の影響で、国民は慢性自殺の状況にあるといっても過言ではない。
   （因為 PM2.5 的影響，就算說國民是處在慢性自殺的狀況下也不為過。）
   ・不景気のため、多くの店が閉店してしまったといっても言い過ぎではない。
   （就算說因為不景氣而導致許多店家關閉也不為過。）

3. ～ものなら（跟事實相反，不可能發生）（如果、要是）
   ① 可能形＋ものなら
   ・戻れるものなら、もう一度大学時代に戻りたい。
   （如果時光倒流的話，想再回去一次大學時代。）
   ② 意向形＋ものなら
   ・私がほかの女性とお茶でも飲もうものなら、彼女がかんかんに怒る。
   （我要是跟其他的女生喝個茶之類的話，女朋友就會大發雷霆。）

4. ～限り・～ない限り（只要～ / 只要沒～）
   ・あなたがそばにいる限り、安心です。
   （只要你在我身旁，我就感到安心了。）
   ・特別な理由がない限り、欠席してはいけません。
   （只要沒有特別理由，不能缺席。）

5. ～ものだ
   ① 理所當然
   ・きれいな女性を見ても、男は浮気しないものだ。
   （就算看到漂亮的女生，男人也不能外遇。）
   ② 回憶
   ・大学生の頃、毎日彼女とこのコンビニでデートしたものだ。
   （大學的時候，每天跟女朋友在便利商店約會。）
   ③ 感嘆
   ・洗濯機があって、掃除機もあるから、今の生活は便利になったものだ。
   （有洗衣機，也有吸塵器，現在的生活變得好方便啊！）

6. それだけ（相對地）
   ・年をとると、それだけ疲れやすくなる。
   （一旦上了年紀，相對地，就會變得很容易疲勞。）
   ・努力すれば、それだけの成果が出ると思う。
   （只要努力的話，就會展現相對應的成果。）

文 型

7. 〜られます四種句型
   ① 被動
   ・弟は犬にお尻をかまれました。
   （弟弟被狗咬到屁股了。）
   ② 自發
   ・この写真を見ると、彼女のことが思い出される。
   （看到這張照片，不禁想起她。）
   ③ 尊敬
   ・社長、新聞を読まれますか。
   （社長你要讀報紙嗎？）
   ④ 能力
   ・私は納豆が食べられる。
   （我敢吃納豆。）

8. さすが（に）・さすがに（真不愧是〜 / 果然還是〜 / 到底還是〜）
   ・さすが（に）一流のコックだけあって、作った料理は美味しい。
   （真不愧是一流的廚師，做出來的菜很好吃。）
   ・日本人はさすがに「臭豆腐」は食べられないね。
   （日本人果然還是不敢吃臭豆腐。）

9. とても〜ない（怎麼也不〜 / 無法〜）
   ・図書館にはとても読めそうもない外国の本が並んでいる。
   （圖書館擺著我完全看不懂的外國書籍。）
   ・明日までに仕上げるのはとても無理だ。
   （明天之前完成是不可能的。）

10. かといって（雖然〜，但是〜 / 話雖如此）
   ・お金がほしいが、かといって働きたくない。
   （雖然想要錢，但是我不想工作。）
   ・あの人は性格が悪い。かといって、誰にも危害を加えない。
   （那個人個性不好。話雖如此，但並沒有對誰造成危害。）

11. A ことは A だが（A 是 A 啦，但是〜）
   ・携帯がもたらした生活は便利なことは便利ですが、人とのコミュニケーションが減っていくでしょう。
   （手機帶來的生活，方便是方便啦，但是跟人的溝通就會越來越少吧。）
   ・その店の小籠包は美味しいことは美味しいが、値段が高い。
   （那家店的小籠包好吃是好吃啦，但價格貴。）

09

だいきゅうか　第九課

12. 時間長度＋に（頻率）
　　・田中さんは 1 年に 1 回日本へ帰ります。
　　　（田中さん一年回一次日本。）
　　・私は 1 か月に 1 回映画を見に行く。
　　　（我一個月去看一次電影。）

13. 一方（で）（另一方面）
　　・この薬はよく効く一方で、副作用の心配も大きい。
　　　（這個藥非常有效，但另一方面，它的副作用也很令人擔心。）
　　・先生は男子生徒に厳しい一方、女子生徒に甘いところがある。
　　　（老師對男學生很嚴格，但另一方面對女學生很寬容。）

14. ～たり
　　① 動作列舉
　　・服を干したり、机を拭いたり、ごみを捨てたりしました。
　　　（晾衣服、擦桌子、丟垃圾。）
　　② 反覆動作
　　・立ったり、座ったりしました。
　　　（一下子站，一下子坐。）

15. ～こと（說明句）
　　・ISIS とはイスラム国のことだ。
　　　（所謂的 ISIS 指的就是伊斯蘭國。）
　　・週刊誌とは週に 1 回出る雑誌のことだ。
　　　（所謂的週刊誌指的是一個星期推出一次的雜誌。）

16. ～付き（附帶著～）
　　・キンダーサプライズはおもちゃ付きのチョコレートです。
　　　（健達出奇蛋是附帶著玩具的巧克力。）
　　・骨付き肉は「排骨」と言います。
　　　（帶著骨頭的肉就叫做排骨。）

17. いくら～からと言っても（雖然～但是…）
　　・いくらお金がないからと言っても、全然食べないのは良くない。
　　　（雖然沒有錢，但是完全不吃東西也不太好。）
　　・いくら好きだからと言っても、他人の物を無断で使用するのはひどい。
　　　（就算說喜歡，未經他人的同意使用別人的東西是很過分的。）

18. 凝る（講究、專注）
　　・この喫茶店は室内の雰囲気とデザインに凝っている。
　　　（這間咖啡廳講究室內的氣氛跟設計。）
　　・あのレストランは食器まで凝っている。
　　　（那一家餐廳就連餐具都很講究。）

19. ～では（條件或狀態）（～的話）
　　・そんなにたくさん食べては、おなかが痛くなるよ。
　　　（吃那麼多的話，肚子會痛喔。）
　　・こんなに雨が強くては、傘がさせない。
　　　（雨下得那麼大的話，是沒有辦法撐傘的。）
　　・一生懸命働いて時給 80 元では、割に合わない。
　　　（如果拼命地工作，時薪卻只有 80 塊的話，實在是不划算。）

20. せっかく（好不容易～ / 難得～）
　　・日曜日なのに、休日出勤でせっかくの休日が無駄になった。
　　　（明明是星期日，卻要假日加班，而難得的假期就泡湯了。）
　　・せっかく勉強したのに、病気で試験が受けられなかった。
　　　（難得用功，卻因為生病沒有辦法參加考試。）

21. 動詞的名詞化
　　・彼女との結婚（跟女友的結婚）
　　・日本での生活（在日本的生活）
　　・台北までの新幹線（到台北的新幹線）
　　・母への花（給媽媽的花）
　　・アメリカからのお土産（來自美國的伴手禮）

22. すら（就連～）
　　・指を怪我して、箸すら持つことができない。
　　　（把手指給弄傷了，就連筷子都拿不動。）
　　・大人ですらわからない問題を 8 歳の子どもが解いて、話題になった。
　　　（八歲的小孩解出連大人都不會的問題，而造成話題。）

23. ～させられる（必須做自己不想做的事）
　　・会います　→　会わせられる　→　会わされる
　　・行きます　→　行かせられる　→　行かされる
　　・話します　→　話させられる
　　・食べます　→　食べさせられる
　　・寝ます　→　寝させられる
　　・来ます　→　来させられる
　　・結婚します　→　結婚させられる

24. ～て仕方がない・～てしょうがない（非常～ / 極度～）
　　・面接がこんな結果になって、残念で仕方がない。
　　　（面試變成這樣的結果，非常地遺憾。）
　　・ゆうべ徹夜で残業して、今眠くてしょうがない。
　　　（昨晚熬夜加班，現在非常想睡覺。）
　　・映画のエンディングが気になってしょうがない。
　　　（非常在意電影的結局。）

09

だいきゅうか

第九課

25. ～てしまう
　　① 遺憾
　　・昨日また宿題を家に忘れてしまって、先生にかんかんに怒られた。
　　　（昨天又把作業忘在家裡，惹老師大發雷霆。）
　　② 完了
　　・1 週間で、「蘭陵王」というドラマを見てしまった。
　　　（一個星期就把蘭陵王這部戲劇看完了。）
　　③ 無法控制
　　・戦争で死んだシリアの子どもを見て、思わず泣いてしまった。
　　　（看到因為戰爭而死亡的敘利亞小孩，忍不住哭了。）

26. ～のもとに・～のもとで（條件、狀況下、支配、影響下）
　　・太陽のもとで子どもが遊んでいる。
　　　（小孩在太陽底下玩耍。）
　　・旗のもとに、集まれ。
　　　（旗子下面集合。）
　　・田中先生のもとで（〇）研究する。
　　　（在田中老師底下作研究。）
　　・田中先生のもとに（×）研究する。
　　・優しい飼い主のもと（〇で　×に）この犬は元気に育てられた。
　　　（在溫柔的飼主照料下，這隻狗被養育得很健康。）
　　・憲法のもと（×で　〇に）、同性の結婚が認められる。
　　　（在憲法的保證下，同性婚姻被認可。）

27. ～ものか（絕對不～）
　　・こんな態度の悪い店、二度と来るものか。
　　　（態度如此不好的店，絕對不會再來第二次了。）
　　・あんな嘘ばかりの男の言うことはあてになるもんか。
　　　（那樣滿嘴謊言的男人說的話絕對不能相信。）

28. ～ことか（多麼～）
　　・飼っていたオウムが死んだとき、子どもがどんなに悲しんだことか。
　　　（飼養的鸚鵡死掉的時候，小孩是多麼地傷心啊！）
　　・知らないうちにクレジットカードの番号を盗まれた。なんと恐ろしいことか。
　　　（不知不覺間，信用卡號碼就被盜了，好恐怖啊。）

29. にて（方法、手段、限定）
　　・面接は本社にて行います。
　　　（面試在總公司舉行。）
　　・病気にて欠席いたします。
　　　（因為生病而缺席。）
　　・本日は午後 5 時にて閉館します。
　　　（今日下午五點關門。）

まとめ問題

1. このバンドは日本よりも海外に（　　　　　）人気が高い。
   ① ある　　② おける　　③ はじまる

2. 証拠が見つからない（　　　　　）、逮捕できない。
   ① かぎり　　② ばかり　　③ ながら

3. さっきご飯を食べたばかりなので、（　　　　　）もう食べられない。
   ① さすが　　② さすがで　　③ さすがに

4. あの子と付き合いたい。（　　　　　）、告白する勇気はない。
   ① かとして　　② かといって　　③ かとしても

5. 経済が発展した（　　　　　）、自然環境は破壊された。
   ① つつも　　② はんたいで　　③ いっぽうで

6. いくら相手が悪いことをしたからと（　　　　　）、暴力をふるってはいけない。
   ① いったら　　② いっても　　③ いえば

7. 蚊に刺されて、痒くて（　　　　　）がない。
   ① たまら　　② はず　　③ しかた

8. 双方の合意の（　　　　　）契約が結ばれた。
   ① もとに　　② したに　　③ きそに

9. こんな分かりやすい嘘に騙される（　　　　　）。
   ① ものか　　② ものだ　　③ ものの

10. ダンス大会で優勝した時、どんなに嬉しかった（　　　　　）。
    ① ものか　　② ことか　　③ なんて

09

だいきゅうか　第九課

141

聴解問題

まず質問を聞いてください。そのあと、選択肢を読んでください。それから話を聞いて、1から4の中から最もよいものを一つ選んでください。

    1）（   ）

       選択肢 ① 両手で自分の名刺を先に渡す

               ② 左手で自分の名刺を差し出す

               ③ 両手で相手の名刺を先にもらう

               ④ 右手で自分の名刺を渡す

＊聴解問題音檔 QR Code 請參閱 P.11

コーラの豆知識

「春夏△冬」是什麼意思？

　　日文中有個字叫「<ruby>商<rt>あきな</rt></ruby>い」，它是「營業／販賣」的意思，日本人通常會將上面寫著「<ruby>商<rt>あきな</rt></ruby>い<ruby>中<rt>ちゅう</rt></ruby>」的牌子掛在門口，告知顧客現在「營業中」，不過也曾看過有人在門口上掛了寫著「春夏 冬」的牌子，乍看之下無法馬上理解意思，原來這是塊少了「<ruby>秋<rt>あき</rt></ruby>」的「あきない」的牌子，也就在玩「<ruby>商<rt>あきな</rt></ruby>い」的文字遊戲，非常有趣。

　　另外日本人常講的「<ruby>商<rt>あきな</rt></ruby>い<ruby>三年<rt>さんねん</rt></ruby>」指的是做生意很不容易，等到回本能賺錢至少需要 3 年的時間，也就是「做生意的前 3 年內，請好好忍耐」的意思。

1. 《　　　　》の中から最もよいものを選んでください。
　必要な場合は、適当な形に変えてから書いてください。

1) 少し練習すれば、(　　　　　　)ほど上手になりますよ。
2) この資料の内容も(　　　　　　)、もう一度よく考えていただけませんか。
3) 小学生の時一番楽しかったのは(　　　　　)の時間だ。
4) この店の料理はどれも店長の(　　　　　)です。
5) (　　　　　)せずに、全部食べなさい!
6) (　　　　　)で、必要な分だけ取ってね。欲しい人が他にもたくさんいるから。
7) 子どもの頃はよくあの神社の(　　　　　)で遊んだものです。
8) (　　　　　)努力した結果なら、仕方がないよ。諦めよう。
9) 最近、父は腰痛に(　　　　　)います。
10) 本校では子どもたちの体力(　　　　　)のために、様々な取り組みを行っています。

《
悩ます　見違える　踏まえる　手作り　境内
給食　欲張る　向上　精一杯　好き嫌い
》

2. 《　　　　　》の中から最も適当な表現を選んでください。

1) 試験の準備にどれだけの時間を費やした(　　　　　)。
　《　ところか　/　ことか　/　はずだ　》
2) この曲を聞く(　　　　　)、高校時代を思いだす。
　《　まいに　/　おきに　/　たびに　》
3) こんな難しい問題、私(　　　　　)わからない。
　《　にしたところで　/　にあたっては　/　にせよ　》
4) また嘘をつかれた。これからはあの人の言うことなんか信じる(　　　　　)。
　《　までだ　/　ものか　/　ものだ　》
5) もう眠くて、明日の準備をする(　　　　　)。
　《　つもりだ　/　どころではない　/　ところだ　》

6) 京都はいつでも、季節（　　　　　）観光客が多い。

《　をとわず　／　にもかかわらず　／　もかまわず　》

7) 明日友人が何か送ってくれるらしい。何をくれるんだろう？（　　　　　）。

《　しんぱいにはならない　／　きにならない　／　たのしみでしょうがない　》

8) インターネット会議をしたので、わざわざ本社へ行かず（　　　　　）。

《　にすんだ　／　にはおかなかった　／　にはすまなかった　》

9) この商品は夏に（　　　　　）、1年を通してお使いいただけます。

《　かぎったことではなく　／　かぎっては　／　かぎらず　》

10) 長い休みが取れたので旅行に行ける（　　　　　）行きたいが、今は余裕がない。

《　ものの　／　ものなら　／　もの　》

3. 最もよい文になるように、文の後半部分を A から J の中から一つ選んでください。

1) 母は何かにつけて、（　　　　　）。

2) 突然後ろから声をかけられた。びっくりして、（　　　　　）。

3) 朝から元気がないところを見ると、（　　　　　）。

4) 忙しいなら私にかまわないで、（　　　　　）。

5) 今年も誕生日を忘れようものなら、（　　　　　）。

6) 売り上げが減った原因を踏まえて、（　　　　　）。

7) 父はパソコンに関してはまったくだめで、（　　　　　）。

8) 時間はたっぷりあるんだから、（　　　　　）。

9) 検査の結果によっては、（　　　　　）。

10) 異国の料理は時々ならいいが、（　　　　　）。

A：焦ることはないのに　　　　　　　　B：さすがに毎日は食べられない

C：昨日のデートで何かあったに違いない　D：手術はしなくても済むかもしれない

E：うんざりされるだろう　　　　　　　F：心配して電話をくれる

G：電源すら入れられない　　　　　　　H：荷物を落とすところだった

I：先に準備をしておいてください　　　　J：これからのことを考えなくては

4. 次の文章を読んで、文章全体の内容を考えて、 1 から 4 の中に入る最もよいものを、①から④から一つ選んでください。

> 　この間、北野天満宮を訪れた際に、初めて絵馬を書いた。絵馬とは、神社や寺院にあるもので、自分の願いを書いたり願いがかなったことのお礼を書いたりする、小さい木の板のことだ。
>
> 　一緒に行った姉は「神様にお願いすれば願いがかなう 1 でしょ。」と言ったが、私はそれに 2 お参りをした後、絵馬を書きに行った。寺社の多い京都の中でも特に有名な神社であること、さらに受験を間近に控えた時期とあって、とても混み合っていた。私はまだ何も書かれていない絵馬を手にとって、早速「〇×大学、絶対合格！」と書いた。
>
> 　「うん、これでオッケー。」
>
> 　「ちょっと待って！名前も住所も 3 、 4 神様だからといっても、どこのだれのお願いかわからないでしょ！」
>
> 　姉にそう言われ、丁寧に名前と住所を書いて、絵馬を掛けた。
>
> 　願いがかなったのか、昨日希望する大学の合格通知を受け取ることができ、今はほっとしている。

1	① というもの	② とはいうものではない
	③ とはいうもの	④ というものではない

2	① かまわず	② かかわらず	③ かぎらず	④ かかわりなく
3	① なくて	② ないにしろ	③ なくては	④ ないものには
4	① どんな	② どれほど	③ いくら	④ なんせ

5.《聴解問題》まず質問を聞いてください。そのあと、選択肢を読んでください。それから話を聞いて、1から4の中から最もよいものを一つ選んでください。

1) (　　　　　)

① 晩ごはんを作るのを忘れないでほしい

② うそをつかないでほしい

③ お願いしたことを忘れないでほしい

④ 家の仕事もしてほしい

2) (　　　　　)

① 関西地方全域で非常に強い揺れがあった

② 余震は起こらない予想だ

③ 津波に注意したほうがいい

④ 大阪も震度3以上だった

＊聴解問題音檔 QR Code 請参閲 P.11

一緒に頑張りましょう！

- 〜というと
- Ｖ原まい / Ⅰ、Ⅱ類ますまい / Ⅲ類するまい
- ＡのみならずＢも
- 〜ものだ vs. 〜ものではない
- 〜に応じて
- 〜はともかく
- 〜ざるを得ない
- 〜にほかならない
- 〜ばかりに
- 〜たところで

〈 たんご 単語 〉

單字	漢字	中譯	詞性
1 いじ	維持	維持	名詞
2 おけ	桶	木桶	名詞
3 カピバラ		水豚	名詞
4 こうい	行為	行為	名詞
5 こらい	古来	自古以來	名詞
6 ごらく	娯楽	娛樂	名詞
7 さい	際	時	名詞
8 しゃこう	社交	社交	名詞
9 せけんばなし	世間話	話家常	名詞
10 せんよう	専用	專用	名詞
11 たいしゅつ	退出	離開	名詞
12 だついじょ	脱衣所	更衣場	名詞
13 タトゥー		刺青	名詞
14 にゅうよく	入浴	入浴	名詞
15 はじ	恥	恥辱	名詞
16 ひたい	額	額頭	名詞
17 やせい	野生	野生	名詞
18 やど	宿	旅館	名詞
19 ゆぐち	湯口	出水口	名詞
20 ゆぶね	湯船	浴池	名詞
21 よごれ	汚れ	污垢	名詞
22 ろうにゃくなんにょ	老若男女	男女老少	名詞
23 いやす	癒す	治療	動詞Ⅰ
24 つかる	浸かる	泡（澡）	動詞Ⅰ
25 もりあがる	盛り上がる	暢談、熱鬧起來	動詞Ⅰ

〈 たんご 単語 〉

單字	漢字	中譯	詞性
26 きがる	気軽	隨意	な形容詞
27 とりわけ		特別	副詞
28 とりとめもない		不著邊際	

〈　温泉の入り方　〉

　健康維持に欠かすことができないものというと、私は入浴を思い浮かべる。ストレス発散の一つとしても、風呂を挙げる人は少なくないだろう。日本人は風呂が好きなのだ。とりわけ温泉は娯楽でもあり、古くから老若男女に愛されてきた。

　日本の温泉文化は、今や人間ばかりか動物にまで広がっている。野生のサルが温泉に入ることは有名だが、最近は動物園でカピバラが入っていたり、ペット専用の温泉宿もあるのだとか。

　さて、世界にはいろいろな入り方があるが、今回は日本の温泉での注意点を紹介しよう。しっかりと身につければ、日本で温泉旅行をした時に恥をかくことはあるまい。

　温泉に入る際に一番といってもいいほど大切なのは、「かけ湯」である。これは、湯船に入る前に体の汚れを流すことのみならず、体を温泉の温度になれさせる役割がある。かけ湯をしなければ、入浴後 2 分ほどで血圧が 30 ～ 50 も急上昇してしまうのだ。温泉にはかけ湯用の桶があるので、必ずかけ湯しよう。

　日本の温泉では水着は着ないものである。タオルも湯船につけてはならない。入浴時は湯口から一番遠い水温が低い場所から入り、出る時は水温の高い湯口から出よう。こうすれば体を驚かせることなく長く入浴できる。しかし、体調に応じて入ることが大切だ。せっかく来たのだからとついついつかりすぎてしまう可能性があり得るので、入浴時間は額に汗をかく程度にすると決めておこう。

〈 温泉の入り方 〉

　温泉は、古来から日本の社交場。おしゃべりはともかく騒いだり他人に迷惑をかける行為はやめよう。また、残念ながらタトゥーが入っている人は、原則温泉に入れない。日本ではタトゥーにいいイメージを持っていない人が多数いるので、クレームが出て外国人でも退出せざるを得ないことがあるので注意が必要だ。

　以上のことはマナーにほかならないが、温泉の効果以外の面でも気持ち良くなれるので、やはり守った方がいいだろう。私の友達は、せっかく来たのだからと欲張ってつかりすぎたばかりに、脱衣所で倒れてしまった。長時間入ったところで効果が高く出るというわけではないので注意しよう。

　また、気軽に温泉を楽しむためにも、温泉街には「足湯」というものがあり、無料で入ることができる。湯船に足をつけて疲れを癒し、初めて会った人達と出身地やとりとめもない世間話で盛り上がれば、体どころか心も軽くなることまちがいないだろう。

文　型

1. 「不可或缺」的講法
   ・生活に不可欠なものはみな値上げした。
     （生活必需品全部都漲價。）
   ・盆栽は毎日のお手入れが欠かせない。
     （盆栽不可缺少每天的照顧。）
   ・この本は研究に欠かすことができない資料だ。
     （這本書是研究上不可或缺的資料。）

2. ～というと（說到～）
   ・線香花火というと、子どもの頃を思い出す。
     （說到仙女棒，就想起小時候。）
   ・夜景の名所というと、上海の「外灘」がきれいですね。
     （說到夜景勝地，上海的外灘蠻漂亮的。）

3. ストレス vs. プレッシャー（自己產生的壓力 vs. 別人給的壓力）
   ・レポートが書けなくて、ストレスがたまる。
     （因為報告寫不出來，壓力越來越大。）
   ・売り上げが不振で、部下にプレッシャーをかける。
     （因為銷售額不好，對部下施壓。）

4. ～てきた vs. ～ていく（過去→現在 vs. 現在→未來）
   ・5年前から、この会社で働いてきました。
     （從五年前就在這家公司工作到現在。）
   ・これからも、この会社で働いていきたいと思います。
     （今後也想一直在這家公司工作下去。）

5. A ばかりか B も～（不光是 A，B 也～）
   ・あの人は蛇ばかりか、蜘蛛も飼っている。
     （那個人不只養蛇，也養了蜘蛛。）
   ・友達ばかりか、家族までも私のことをバカにしている。
     （不光是朋友，連家人都把我當成傻瓜。）

6. とか（不確定的內容）
   ・あの人は結婚したばかりなのに、離婚してしまったとか。
     （據說那個人剛結了婚，卻又馬上離婚了。）
   ・夜中の 12 時に、鏡に向かって髪を梳かすと変なことが起きるとかで、怖い。
     （聽說半夜 12 點，對著鏡子梳頭髮的話，會發生奇怪的事情，很恐怖。）

7. さて（轉移話題，進入主要話題）（那麼～）
   ・以上、天気予報でした。さて、次は交通情報をお届けします。
     （天氣預報到這裡結束。那接下來為您報導交通情報。）
   ・全員揃いましたね。さて、本題に入りましょう。
     （大家都到齊了吧，那麼，我們進入正題吧。）

8. 身につける（穿著、學會）
 ・寒いので、たくさんの服を身につける。
 　（因為很冷，穿很多衣服。）
 ・一生懸命勉強して、日本語を身につける。
 　（拚命學習，把日語學會。）

9. 恥をかく（丟臉）
 ・人の前で、名前を読み間違えて、とても恥をかいた。
 　（在別人面前讀錯名字，非常丟臉。）
 ・授業中に居眠りをして恥をかいた。
 　（上課的時候打瞌睡感到很丟臉。）

10. Ⅰ類 V 原まい／Ⅱ類 V 原まい、V ますまい／Ⅲ類 V 原まい、すまい、しまい、こまい、くまい
 ① 絕對不～
 ・彼はもう二度とお酒を飲むまいと彼女に誓った。
 　（他對他女朋友發誓再也不喝酒。）
 ② 應該不會～
 ・この事件は複雑だから、簡単には解決するまい。
 　（因為這個事件錯綜複雜，應該沒有辦法簡單地解決掉吧。）

11. ～際に（～的時候）
 ・非常の際にはエレベーターを使わないで、階段をご利用ください。
 　（緊急狀況時，請不要使用電梯，請走樓梯。）
 ・ビザを申請する際、パスポートが必要になる。
 　（申請簽證的時候需要護照。）

12. A のみならず B も（不光、不只 A，B 也～）
 ・彼の作品は日本国内のみならず、海外にもファンが多い。
 　（他的作品不只日本國內，連海外都有很多粉絲。）
 ・不景気のため、中小企業のみならず、大企業でも経営が破綻する。
 　（因為不景氣，不只中小企業，連大企業都經營不下去。）

13. ～ものだ・～ものではない（社會常識、共通的知識）
 ・いい飼い主は、自分の犬の糞を始末するものだ。
 　（好的飼主通常會處理自己養的狗的大便。）
 ・人間として、弱い者をいじめるものではない。
 　（人不應該欺負弱小。）

14. A ことなく B（沒 A、不 A 就 B）
 ・部屋の電気は消えることなく、朝までついていた。
 　（房間的電燈沒有關掉，一直開到早上。）
 ・隠すことなく、すべてを正直に話してください。
 　（請不要隱瞞，全部老老實實地說出來。）

文　型

15. ～(内容が変化するもの)に応じて(依據～ / 根據～)
   ・アルバイトの料金は時間に応じて計算する。
   　(打工的薪資是按照工時長度來計算。)
   ・社長は常に状況に応じて、様々な決断をしなければならない。
   　(社長必須經常依據不一樣的情況來做各種決定。)

16. あり得る・あり得ない(有可能・不可能)
   ・あの先生はノーベル賞をもらうこともあり得る。
   　(那位老師是有可能得到諾貝爾獎的。)
   ・台湾では、基本給の 22 k が 44 k になることはあり得ない。
   　(在台灣,基本薪資不可能從 22 k 變成 44k。)

17. ～はともかく(A 就先不用說了 / A 先暫且不管)
   ・交通の便はともかく、場所が静かであれば、家を借りたい。
   　(就先不管交通方不方便了,只要地方安靜我就願意租。)
   ・試合の結果はともかくとして、みんな本当に頑張った。
   　(先不管比賽結果,大家都真的很努力了。)

18. かける(向某人做 / 推動～)
   ・李さんは友達に電話をかける。
   　(李さん打電話給朋友。)
   ・親が自分の息子にプレッシャーをかける。
   　(父母親給自己的兒子施加壓力。)
   ・政府が企業に基本給の値上げを呼びかける。
   　(政府呼籲企業調漲基本工資。)
   ・会社が喫煙者に「たばこをやめよう」と働きかける。
   　(公司對吸菸的人推動戒菸活動。)

19. ～ながら(保持～的狀態)
   ・戦争を経験した人は、涙ながらに戦争の恐ろしさを語った。
   　(經歷過戰爭的人一邊哭,一邊敘述戰爭的恐怖。)
   ・15 年ぶりに昔ながらの校舎を見て、懐かしくてたまらない。
   　(看見 15 年一點都沒變的校舍,感覺非常懷念。)

20. ～ざるを得ない(不得不～ / 只好～)
   ・Ⅰ類:行かない　→　行かざる　　　　飲まない　→　飲まざる
   ・Ⅱ類:食べない　→　食べざる　　　　寝ない　→　寝ざる
   ・Ⅲ類:結婚しない　→　結婚せざる　　来ない　→　来ざる
   ・天候が悪いので、今日のマラソンは中止にせざるを得ない。
   　(因為天候不佳,今天馬拉松大賽不得不取消。)
   ・弟の結婚式と重なったため、引っ越しは延期せざるを得なくなった。
   　(因為跟弟弟結婚典禮的日子重疊到,所以搬家不得不延期。)

21. ～にほかならない(絕對是～ / 無非是～ / 正是～)
・彼がこんな素晴らしい成果を遂げたのは、日々の努力の結果にほかならない。
　(他能達到這麼棒的成果，正是每天努力的結果。)
・文化とは、国民の暮らし方にほかならない。
　(所謂的文化正是指國民的生活方式。)

22. V るほうが～ vs. V たほうが～
　① 比較
・スーパーより、市場で野菜を買うほうが安い。
　(比起超市，在市場買菜比較便宜。)
　② 建議
・市場の野菜は採れたての物が多いので、市場で買ったほうが新鮮ですよ。
　(市場的蔬菜很多是剛採收的，所以在市場買會比較新鮮喔。)

23. ～ばかりに(正因為～ / 所以～)
・生水を飲んだばかりに、お腹が激しく痛み、下痢もした。
　(因為喝了生水，所以肚子才劇烈疼痛跟腹瀉。)
・私の収入が少ないばかりに、妻に苦労をかけている。
　(因為我的收入不多，所以才會讓妻子這麼辛苦。)

24. ～てしまう
　① 遺憾
・鍵は会社に忘れてしまった。
　(把鑰匙忘在公司裡面了。)
　② 完了
・長いレポートを1週間で書いてしまった。
　(一個星期把長篇報告寫完了。)
　③ 無法控制
・熱いコーヒーを飲むと、体が温かくなってしまう。
　(一喝了熱咖啡，身體就變暖和了。)

25. ～たところで(＝でも)(即使～)
・今急いで行ったところで、電車に間に合わないだろう。
　(即使現在急急忙忙地趕過去，應該也趕不上電車吧！)
・いくら働いたところで、22 kの給料しかもらえない。
　(不論再怎麼努力工作，也只能拿到 22k 的薪水。)

26. ～というわけではない(並非～ / 並不是～)
・生活に困っているというわけではないが、もっと豊かに暮らしたい。
　(現在的生活是沒什麼煩惱，但還是想過更豐足的生活。)
・牛肉が食べられないというわけではないが、あまり食べない。
　(並不是不敢吃牛肉，但是不太吃。)

27. A どころか B

① 不只 A，連 B 都（A どころか B も～）

・寮の部屋には、浴室どころか、トイレさえもない。

（宿舍的房間不只沒有浴室，連廁所都沒有。）

② 跟預想完全相反（接負面）（不要說～，都～）

・株で儲かるどころか、借金で生活しなければならない。

（買股票不但沒賺錢，現在還不得不負債過生活。）

1. 彼は英語（　　　　　）ロシア語も話せる。
   ① ばかりか　　　② ばかりに　　　③ ばかりで

2. プールに入る（　　　　　）には必ず帽子を被ってください。
   ① さい　　　② とし　　　③ きわ

3. この漫画は子どものみ（　　　　　）、大人も楽しめる。
   ① あらず　　　② しらず　　　③ ならず

4. 高齢者には電車の席を譲る（　　　　　）だ。
   ① ところ　　　② はず　　　③ もの

5. 予算に（　　　　　）、花束を作る。
   ① ともない　　　② おうじて　　　③ こたえて

6. 見た目は（　　　　　）、味は非常に美味しい。
   ① とりかく　　　② おろか　　　③ ともかく

7. レポートが間に合わないので、徹夜（　　　　　）を得ない。
   ① せざる　　　② しざる　　　③ しぜる

8. 合格できたのは先生のおかげに（　　　　　）ならない。
   ① まま　　　② ほか　　　③ ただ

9. 謝った（　　　　　）、許されない。
   ① ところで　　　② ところに　　　③ ところが

10. 駅の出口を間違った（　　　　　）、約束の時間に遅れてしまった。
    ① ばかりに　　　② だけに　　　③ のみで

聴解問題

この問題は全体としてどんな内容かを聞く問題です。話の前に質問はありません。まず話を聞いてください。それから質問と選択肢を聞いて、1から4の中から最もよいものを一つ選んでください。

    1)（　　　　　）

＊聴解問題音檔 QR Code 請參閱 P.11

コーラの豆知識

流し素麺

　在日本「素麺（そうめん）」有一種特別的吃法，日本人把青竹子劈成半月形後，接成「樋（とい）」的導水管狀，管子中放入麵條讓它順水流下，想吃麵的人會圍在管子兩旁，用筷子對準麵條快速夾起，再一口吸進嘴裡，據說味道非常清涼可口，這種吃法叫「流し素麺（ながそうめん）」。

一緒に頑張りましょう！

第十一課

11 だいじゅういっか

- 何とも
- からして
- 〜かねる vs. 〜かねない
- 〜たうえで＋決定
- 〜ことだ
- 〜上で
- 〜以上
- 〜がたい
- ＡないにはＢない
- 〜たあげく

〈 たんご 単語 〉

單字	漢字	中譯	詞性
1 アンケート		問卷調查	名詞
2 かたおもい	片想い	單戀	名詞
3 カップル		情侶	名詞
4 ぎむ	義務	義務	名詞
5 ぎょうかい	業界	業界	名詞
6 ぎり	義理	情理	名詞
7 さいあい	最愛	最愛	名詞
8 じぜん	事前	事前	名詞
9 せいしゅん	青春	青春	名詞
10 たより	頼り	依靠	名詞
11 ちょくぜん	直前	快要～的時候	名詞
12 てつや	徹夜	徹夜	名詞
13 どうし	同士	彼此	名詞
14 ねんぱい	年配	相當大的年齡	名詞
15 バレンタイン		情人節	名詞
16 ひごろ	日頃	平日	名詞
17 ふうしゅう	風習	風俗	名詞
18 ほうび	褒美	獎品、獎勵	名詞
19 ほんめい	本命	最喜愛	名詞
20 くばる	配る	分給	動詞I
21 てわたす	手渡す	親手交給	動詞I
22 しかける	仕掛ける	準備	動詞II
23 ふかめる	深める	加深	動詞II
24 まとめる		收集、統一彙整	動詞II
25 こくはくする	告白する	告白	動詞III

〈 たんご 単語 〉

單字	漢字	中譯	詞性
26 せつえいする	設営する	佈置	動詞 III
27 ほろにがい	ほろ苦い	稍微苦	い形容詞
28 むなしい	虚しい	空虚	い形容詞
29 ビター		苦	な形容詞
30 おそらく		也許	副詞

〈 バレンタイン 〉

　日本のバレンタインは、女性から男性にチョコレートを贈る日だ。込める想いによって、チョコレートの名前は変わる。例えば、最愛の人に贈る「本命チョコ」だ。これがきっかけでカップルになることもあるので、バレンタインは片想いの人にとってどんなにドキドキするイベントであることか。また、「義理チョコ」は、お世話になっている人に感謝を伝えるために贈るものだ。日本の会社では事前に女性社員が資金を集めて、男性社員へのチョコレートをまとめて買っているところもある。これは「義務チョコ」と言われることもあるそうで、もらう側から言えば、なんとも虚しい話だ。他には、女性同士で楽しむ「友チョコ」や、自分へのご褒美として用意する「自分チョコ」など、種類は幅広い。

　若者から年配の人にわたって行われたアンケートによると、女性の約8割が毎年チョコレートを贈っている。彼女達の多くは、1月半ば過ぎから設営される百貨店やスーパーなどの「バレンタイン」コーナーで購入する。年間のチョコレート消費量の25%が、バレンタインに集中するというのだから驚きだ。この風習はお菓子業界が仕掛けたものなので、バレンタインだからといってチョコレートなど買う必要はないのだが、なぜか私は毎年買ってしまう。おそらく、売り場の匂いからしておいしそうで、かわいらしいチョコを見てしまうと、つい手に取ってしまうのだろう。種類も豊富で、甘いものが苦手な人向きのビター味のものも最近は増えてきた。どれにしようかと決めかねていたはずなのに、家に帰ったら数個買っていたということも珍しくない。こうならないためには、贈る人をきちんと考えたうえで購入することだ。誰にどんなチョコレートを贈るか。バレンタインは、日頃の人間関係を改めて考えさせるいいイベントと言えるかもしれない。

　女子高生の中には、友達に配るために徹夜で手作りのチョコ菓子を作る人もいる。また、本命チョコを手作りする場合、おいしくてかわいいチョコレートを作る上で頼りに

〈 バレンタイン 〉

なるのは、料理上手な友達だ。バレンタインは、女性同士の友情を深めるイベントでもあったのだ。チョコレートを渡すかぎりは告白もしようと考える人もいるので、心も前日から準備しておかなければならない。

　女子から告白される可能性がある以上、男子学生にとってもこの日は落ち着かない。義理チョコさえもらえないのは耐えがたいとまでは言わなくとも、かなり寂しいものだ。男子にとってバレンタインは、チョコをもらわないことには始まらないのだから。

　女性の中には「義理」だと言いながらも、実は本命チョコだということもある。高校生の時、本命チョコを用意したものの、直前に他の子が同じ相手にチョコレートをあげているところを見てしまい、私は悩んだあげくこう言って手渡した。私にとってバレンタインはほろ苦い青春の一ページだ。

文　型

1. A によって B が変わる（依據 A 不同 B 就不同）
   ・スープはお湯の温度によって、味が違います。
   　（湯根據熱水的溫度不一樣，味道會不同。）
   ・同性愛の賛否は人によって、考えが異なります。
   　（是否贊成同性戀，想法因人而異。）
   ・教師によって、教え方が変わります。
   　（老師不同，教法就會不同。）

2. きっかけ（轉機、契機）
   ・彼は社会人になったことをきっかけに（して）、たばこをやめた。
   　（成為社會人士之後就藉機把菸戒了。）
   ・彼は3年前に、彼女と出会った。それがきっかけで、人が変わった。
   　（他三年前遇到了他女朋友，那之後人就變了。）

3. ドキドキ（緊張 / 不安）
   ・わくわく　→　期待的心情
   ・どきどき　→　七上八下、忐忑不安的心情

4. ～ことか（多麼～啊）
   ・愛する彼女が浮気するなんて、どんなに悲しいことか。
   　（我深愛的她竟然偷吃了，多麼令人悲傷的事情啊。）
   ・今まで何度この仕事をやめようと思ったことか。
   　（到目前為止好幾次都想把這個工作辭掉。）

5. まとめて～する（一齊～ / 一次就～）
   ・まとめて買う。
   　（一次買好。）
   ・まとめて印刷する。
   　（一次印好。）
   ・まとめてダウンロードする。
   　（一次下載好。）

6. 何とも
   ① 非常に（非常）
   ・昨日の気温は35度を超えて、何とも暑い日だった。
   　（昨天氣溫超過35度，真的是非常熱的一天。）
   ② うまく～ない（無法～）
   ・「テロ等準備罪」が可決されたことについて、関係者ではないので、何とも言えません。
   　（關於恐怖攻擊準備罪的法案被通過這件事，因為我不是相關的人，所以也沒辦法說什麼。）

文型

7. (範囲、距離、時間) ＋にわたって (歷經～ / 長達～)
 ・事故の影響で、高速道路は 5 キロにわたって、渋滞が続いている。
   (因為事故的影響，高速公路塞了五公里的車。)
 ・台風は九州から四国にわたる広い地域で、被害を与えた。
   (颱風在九州到四國這個廣大的區域中帶來損害。)

8. ～からと言って (雖說是 A 但是 B)
 ・日本に住んでいるからと言って、日本語がうまいとは言えない。
   (雖然說住在日本，但不一定日文就很厲害。)
 ・お金持ちだからと言って、必ずしも幸せではない。
   (雖然說是有錢人，但未必幸福。)

9. からして (從～來判斷、來看)
 ・このレストランの店員は接客の態度からして、だめだ。
   (就這家餐廳的店員待客態度來看，是不行的。)
 ・彼の嬉しそうな表情からして、仕事の面接は大成功だったと思う。
   (從他高興的表情來看，我想工作的面試應該是很成功。)

10. ～向き vs. ～向け (適合 vs. 量身訂做)
 ・牛丼は日本人向きの料理です。
   (牛丼是很適合日本人的料理。)
 ・マクドナルドのハッピーセットは子ども向けの食事です。
   (麥當勞的快樂兒童餐是針對小孩量身訂做的餐點。)
 ・小学生 (×向き 〇向け) の雑誌に、小学生 (〇向き ×向け) ではない内容がある。
   (為小學生量身訂做的雜誌裡，有不適合小學生閱讀的內容。)

11. ～かねる・～かねない (不能～・有可能)
 ・お酒を飲んで運転すると、事故を起こしかねない。
   (喝了酒開車的話，有可能發生事故。)
 ・従業員をカットして、経営不振を解消しようという会社のやり方に私は納得しかねる。
   (對於將員工解雇，來解決經營不善的作法我無法理解。)

12. ～たうえで＋決定 (在～之後做出決定)
 ・卒業後の進路について、ご両親とよく相談したうえで、決めてください。
   (關於畢業之後的規劃，請跟父母親好好商量後，再做出決定。)
 ・申込書は署名、捺印の上で、学校に提出すること。
   (申請書簽名蓋章之後，向學校提出。)

13. ～ことだ (建議、忠告)
 ・健康を保つために、お酒やたばこをやめることだ。
   (為了保持健康，應該要把菸酒戒掉。)
 ・「口は災いの元」という諺のように、余計なことはあまり言わないことだ。
   (就像「禍從口出」這個諺語說的，多餘的話最好不要說。)

14. ～上で（在～過程中，為了達到～目的）
　　・語学の勉強は視野を広める上で、役に立つ。
　　　（語言的學習在拓展視野上是有幫助的。）
　　・プロジェクトを成功させる上で、みんなの協力が必要だ。
　　　（為了讓這個案子成功，大家的幫助是必要的。）
　　・テレビ、冷蔵庫などの家電は生活する上で欠かせないものだ。
　　　（電視、冰箱等等的電器用品是在生活上不可或缺的東西。）

15. ～限り（只要～／～的期間）
　　・彼女がそばにいる限り、安心だ。
　　　（只要她在我身旁我就會安心。）
　　・体が丈夫な限り、ボランティア活動を続けていきたい。
　　　（只要身體還健康，我就想參加志工活動。）
　　・今の制度を変えない限り、年金問題は解決できない。
　　　（只要現在的制度沒有做改變，年金問題就沒有辦法解決。）

16. ～以上（既然～）
　　・日本で就職する以上、日本人の生活に慣れなければならない。
　　　（既然都要在日本工作了，就必須要習慣日本人的生活。）
　　・約束した以上、途中でキャンセルすることはできない。
　　　（既然約定好了就不能中途取消。）

17. ～がたい（難以、無法～）
　　・酒気帯び運転は最も許しがたい罪の一つだ。
　　　（酒駕是最難以原諒的罪行之一。）
　　・彼女との旅行は、10 年経っても忘れがたい思い出になった。
　　　（跟她的旅行就算經過十年，也會是個難忘的回憶。）
　　・我が息子が犯罪事件に巻き込まれたなんて信じがたい。
　　　（我的兒子竟然被捲入犯罪事件，真的無法相信。）

18. A ないことには B ない（沒 A 的話就沒辦法 B）
　　・日本の納豆は一度食べてみないことには、どんな味かわからない。
　　　（不吃一次納豆看看的話，就沒有辦法知道它是什麼樣的味道。）
　　・責任者が来ないことには、会議が始まらない。
　　　（負責人沒有來的話，會議就沒有辦法開始。）

19. A ものの B（雖然 A 但是 B）
　　・家族が一緒に住んでいるものの、みんなが顔を合わせることはほとんどない。
　　　（雖然家人住在一起，卻幾乎很少碰到面。）
　　・頭ではわかっているものの、実行するのは難しい。
　　　（雖然腦袋裡是懂的，但是實際上去進行卻很困難。）

文　型

20. ～たあげく（最後～ / 結果～）
　　・さんざん悩んだあげく、つい嘘をついてしまいました。
　　　（煩惱東煩惱西，到最後還是說了謊。）
　　・長い交渉のあげく、結局、話はまとまらなかった。
　　　（經歷長時間的交涉，結果最後意見還是沒有達到一致。）

だいじゅういっか　第十一課

1. 台風で飛行機がキャンセルになって、(　　　　　)困った。
   ① 何でも　　　② 何にも　　　③ 何とも

2. この展覧会は2週間に(　　　　)行われる。
   ① さらって　　　② つづいて　　　③ わたって

3. 話し方(　　　　　)、以前の彼とは全く別人のようだ。
   ① からして　　　② といって　　　③ からこそ

4. 素手で触ると火傷し(　　　　　)。
   ① かねない　　　② ざるを得ない　　　③ てならない

5. いろいろ心配しないで、まず挑戦してみる(　　　　　)だ。
   ① はず　　　② それ　　　③ こと

6. 今の携帯が使える(　　　　　)、新しいのは買わない。
   ① うち　　　② かぎり　　　③ ものなら

7. 仕事を引き受けた(　　　　　)、責任を持って最後までやらなければならない。
   ① 以上　　　② こそ　　　③ 上で

8. 若い人の考え方は理解し(　　　　　)。
   ① つらい　　　② がたい　　　③ みくい

9. 激しい練習を繰り返した(　　　　)、腰を痛めてしまった。
   ① ところが　　　② わりに　　　③ あげく

10. 日本語の文法はよくわかる(　　　　　)、話すのは苦手だ。
    ① ものの　　　② ながら　　　③ うえに

聴解問題

この問題は全体としてどんな内容かを聞く問題です。話の前に質問はありません。まず話を聞いてください。それから質問と選択肢を聞いて、1から4の中から最もよいものを一つ選んでください。

    1)（   ）

＊聴解問題音檔 QR Code 請參閲 P.11

コーラの豆知識

面向西邊的武士

日本人喜歡用「語呂合わせ」來記東西，他們把 12 月份中不足 31 天的月份用「西向く侍」來記：

に→2 月；し→4 月；む→6 月；く→9 月

而 11 月讀「さむらい」的原因是因為「十一」是由「十」跟「一」組成，可以當成「士」看，而「士」在日文中唸「さむらい」。

基於此，日本人就將 2、4、6、9、11 月這不足 31 天的月份用「西向く侍」來記憶了。

一緒に頑張りましょう！

第十二課

12 だいじゅうにか

- ～に基づいて
- ～ずに済む
- ～とは限らない
- ＡはおろかＢも
- もっとも
- ～となると
- ～につき
- ～ようがない
- ～た末に
- ～て以来

〈 たんご 単語 〉

	單字	漢字	中譯	詞性
1	あいだがら	間柄	關係	名詞
2	かいそう	改装	改換裝飾	名詞
3	きゃくま	客間	客廳	名詞
4	こころあたり	心当たり	線索	名詞
5	こんやくしゃ	婚約者	未婚夫（妻）	名詞
6	ざぶとん	座布団	坐墊	名詞
7	しきい	敷居	門框	名詞
8	せんぽう	先方	對方	名詞
9	たく	宅	家	名詞
10	チャイム		門鈴	名詞
11	ていきゅうび	定休日	公休日	名詞
12	てみやげ	手土産	伴手禮	名詞
13	とおりがかり	通りがかり	路過	名詞
14	のしがみ	のし紙	附在禮物上的裝飾品	名詞
15	はりがみ	張り紙	海報	名詞
16	へり		邊	名詞
17	マフラー		圍巾	名詞
18	くやむ	悔やむ	懊悔	動詞Ⅰ
19	なりたつ	成り立つ	構成	動詞Ⅰ
20	ととのえる	整える	整頓	動詞Ⅱ
21	こころづもりする	心づもりする	準備	動詞Ⅲ
22	ごぶさたする	ご無沙汰する	久未問候	動詞Ⅲ
23	ながいする	長居する	久坐	動詞Ⅲ
24	もんだいしする	問題視する	視為問題	動詞Ⅲ
25	らくちゃくする	落着する	解決	動詞Ⅲ

〈 たんご 単語 〉

單字	漢字	中譯	詞性
26 なさけない	情けない	可恥	い形容詞
27 のぞましい	望ましい	最好	い形容詞
28 ぶなん	無難	不會出事	な形容詞
29 りんきおうへん	臨機応変	臨機應變	な形容詞
30 おろか		不用說	副詞
31 よくよく		好好地	副詞

〈 お宅訪問のマナー 〉

　日本のことをよく知るには、日本のマナーに目を向けるのがいいだろう。歴史や文化に基づいて成り立ってきたこれらは、日本人は口では「気にしない」と言いながらも、実は問題視するようなところがある。今回は、日本人宅へ訪問する時のマナーを紹介する。

　まず、手土産はお菓子やお酒などが無難だ。訪問前に和菓子か洋菓子かなど、どんなものが好きか聞いておくと迷わずにすむ。喜んでもらいたいからといって、高価なものや食べきれない量を買わないようにしよう。家族の人数プラス 1、2 個が望ましい。

　次に、訪問の時間である。約束の時間ちょうどに行くか、その 5 分後くらいがいい。あまり早いと、訪問先にもお客さんを迎える準備があるので、迷惑になる。遅れる場合は必ず連絡を入れること。

　おうちにお邪魔する時、コートやマフラー等はチャイムを押す前にとる。玄関に入ったら、「ご無沙汰しております」など、状況に合わせて挨拶をしよう。靴をぬぐ時は、ぬぐついでに後ろ向きになって靴を揃えるのはやめること。正面を向いてうちにあがってから、先方に背を向けないようにしながら靴を手で揃えるのがマナーだ。

　客間に通されたら、案内があるとは限らないので下座に座ること。下座とは、出入り口に最も近い席のことだ。ちなみに上座は、出入り口から一番遠い席になることが多い。和室の場合、敷居や座布団はおろか、畳のへりも踏んではならない。手土産は必ず紙袋から出し、リボンやのし紙が相手に向かって正面に向くように渡そう。「お口に合うといいのですが」などの一言を添えると丁寧だ。

〈 お宅訪問のマナー 〉

　最後に、食事に招待されたわけではないのなら、長居しないようにしよう。玄関の隅に置いた靴はそのままはかず真ん中に置き直してからはくこと。もっともこのマナーは、かなり親しい間柄だとあまり気にしなくてもいい。しかし、恋人や婚約者の家族のうちに行くとなると話は別だ。マナーを守れる人は、それだけで好感度が高くなるのだ。

　私が婚約者のうちに初めて訪問した日のことだ。手土産を買おうと店に行くと、なんと定休日だった。もう大人のくせに前もって確認しておかなかったことを悔やんだ。仕方ないので違う店に行くと、「改装中につき休業」という張り紙があった。他にいい店に心当たりがなかったのでスマホを取り出したが、情けないことに途中で充電が切れてしまって探しようがなかった。もうあきらめるほかないと思ったが、悩んだ末に通りがかりの上品な女性に尋ね、どうにか手土産を買うことができた。この店の菓子はとても喜ばれたので、恋人の家族をがっかりさせることなく一件落着したが、こんなことがあって以来、大事な用事の時には前もってよくよく店の確認をしておくようにしている。

　マナーは臨機応変にしなければならないもの。失敗しないようにしようにも最初から完璧にはしようがないが、すてきな客人を目指して心づもりしておくことが大切だ。

文　型

1. ～に基づいて（以～為基礎 / 以～根本）
   ・この映画は本当の事件に基づいて、作られた。
   （這部電影是根據真實的事件創作。）
   ・アンケート結果に基づいて、新しい製品を開発しようと思う。
   （根據市調結果，想要開發新的產品。）

2. ～ながらも（雖然～，但～）
   ・マーク・ザッカーバーグはお金がありながら、地味な生活をしている。
   （馬克佐柏格雖然很有錢，但過著樸素生活。）
   ・彼は貧しいながらも、幸せに暮らしている。
   （他雖然很貧窮，但是幸福地過日子。）

3. ～ところがある（有～的部分 / ～的傾向）
   ・この映画は面白くて、見るべきところがたくさんある。
   （這部電影很有趣，值得一看的地方很多。）
   ・経済的に恵まれている彼は偉そうなところがある。
   （享有優渥經濟條件的他，常自以為了不起。）

4. ～ずに済む（用不著～）
   ・奨学金が取れれば、生活費のことで悩まないで済むのだが…。
   （如果能拿到獎學金的話，生活費的問題就用不著煩惱了。）
   ・「自強號」で行けば、台中で乗り換えしないで済む。
   （坐自強號去的話，就不需要在台中換車。）

5. ～きる・～きれない（～完・沒有辦法～完）
   ・臭豆腐 10 皿を一番早く食べきった人は、「豬血湯」が飲み放題になる。
   （最先把臭豆腐十盤吃完的人，豬血湯喝到爽。）
   ・電撃ラケットでも殺しきれないほど、蚊が多い。
   （蚊子多到連用電蚊拍都殺不完。）

6. ～こと（規則、指示）vs. ～ことだ（建議、忠告）
   ・薬は直射日光を避け、なるべく湿気の少ない涼しい所に保管すること。
   （藥品請放置於避免陽光直射及濕氣少、涼爽的地方。）
   ・このゲームは 30 分プレイしたら、10 分休むことだ。
   （這個遊戲玩了三十分鐘的話，請休息十分鐘。）

7. A ついでに B（做 A 順便 B）
   ・昼食を買うついでに、手紙を出しに行ってくる。
   （買中餐順便去寄一下信。）
   ・ジョギングのついでに、コンビニに寄って水道代を払った。
   （慢跑順便去繳一下水費。）

文　型

8. ～とは限らない（未定～／不一定～）
   ・値段の高い料理が美味しいとは限らない。
   （價格昂貴的菜不一定會好吃。）
   ・高級車を持っているからといって、必ずしもお金持ちとは限りません。
   （雖然說擁有高級轎車，但是未必就是有錢人。）

9. A はおろか B も（A 就不用說了，連 B 也～）
   ・こんな成績では、進学はおろか、卒業だって無理だ。
   （這樣子的成績升學就不用說了，連畢業都很困難。）
   ・ドリアンは苦手なので、食べることはおろか、匂いを嗅ぐこともしたくない。
   （因為我不喜歡榴槤，吃榴槤這件事情當然不用說了，就連味道也不想聞。）

10. もっとも（雖然如此）
    ・船で世界一周をしたいんだ。もっとも、お金と時間があればの話だが。
    （我想要坐船環遊世界一周，雖說如此，這是要有錢跟有時間才能實現的事。）
    ・年末、上海へ行こうよ。もっとも休みが取れるかどうかまだわからないけど。
    （年底一起去上海吧。雖說如此能不能請到假還不知道。）

11. ～となると（一旦是～的情況）
    ・日本では冬にかき氷を食べる人はいないが、夏となると、爆発的に売れる。
    （在日本，冬天沒有人吃剉冰，但一旦到了夏天就賣到翻掉。）
    ・一人暮らしをするとなると、いろいろ準備しなければならない。
    （一旦要一個人生活，就必須要做各種準備。）

12. ～くせに（卻～）
    ・彼は本当のことを知っているくせに、知らない顔をしている。
    （他明明知道實際的情況卻裝出一副不知道的臉。）
    ・あの子は弱いくせに、喧嘩が好きだ。
    （那個小孩子明明很弱小，卻很喜歡吵架打架。）

13. ～につき（因為 A 所以 B）
    ・この先工事中につき、行き止まりになっています。
    （前面因為施工中，所以走不過去。）
    ・これらの商品は特別価格につき、返品できません。
    （這些商品因為是特別的價格，所以不能退貨。）

14. ～ようがない（無法～／不能～）
    ・お金がないので、新しい携帯の買いようがない。
    （因為沒有錢，所以不能買新的手機。）
    ・住所も電話番号もわからないので、連絡の取りようがない。
    （因為都不知道他的住址、電話，所以沒有辦法取得聯絡。）

12

だいじゅうにか　第十二課

15. ～ほかない（只好～／只能～）
　　・これ以上赤字が続いたら、会社をやめるほかはない。
　　　（如果公司再繼續賠錢下去的話，我只好辭職了。）
　　・どの大学にも受からなかったのだから、就職するよりほかはない。
　　　（因為沒有考上任何一間大學，所以除了就業之外沒有其他選擇了。）

16. ～た末に（經歷各式各樣的～，最後～）
　　・いろいろ考えた末に、日本での就職をやめて、台湾へ帰ることにしました。
　　　（各種考量之後的結果，我不打算在日本就職，決定回台灣。）
　　・長い恋愛の末、ようやく彼女との結婚が決まりました。
　　　（歷經了長久的戀愛，最後決定跟她結婚。）

17. ～て以来（自從～以來）
　　・一人暮らしをして以来、ずっと外食が続いている。
　　　（一個人生活以來，就一直外食。）
　　・学校を卒業して以来、遊びで夜を明かしたことは一度もない。
　　　（自從大學畢業之後，就不曾徹夜玩樂。）

18. ～ようにも～ない（想～也沒辦法～）
　　・雨が激しくなってきて、出かけようにも出かけられない。
　　　（雨下得越來越大，想出門也出不了門。）
　　・鍵がかかっていて、部屋に入ろうにも入れないんです。
　　　（門鎖著想進房間也進不了。）

1. 自分の経験に（　　　　　）後輩にアドバイスする。
    ① つれて　　　② うえで　　　③ もとづいて

2. 道に迷い（　　　　　）、時間に間に合った。
    ① ものの　　　② たのに　　　③ ながらも

3. ガソリンを入れる（　　　　　）、洗車する。
    ① ついでに　　　② ついに　　　③ つぎに

4. 車は（　　　　　）バイクの免許も持っていない。
    ① もとに　　　② はじめ　　　③ おろか

5. 大雪（　　　　　）、現在運転を見合わせています。
    ① につき　　　② にとり　　　③ にもとより

6. 部長がまだ帰ってきていないので、会議の始め（　　　　　）がない。
    ① かた　　　② そう　　　③ よう

7. 充電ができないので、バッテリーを交換する（　　　　　）はない。
    ① わけ　　　② のほか　　　③ よりほか

8. 話し合いの（　　　　　）離婚した。
    ① すえに　　　② うえに　　　③ うちに

9. 10年前に初めて登っ（　　　　　）、毎年富士山に登っている。
    ① たきり　　　② たまま　　　③ ていらい

10. 彼は考えすぎる（　　　　　）がある。
    ① もの　　　② ところ　　　③ よう

聴解問題

この問題は全体としてどんな内容かを聞く問題です。話の前に質問はありません。まず話を聞いてください。それから質問と選択肢を聞いて、1から4の中から最もよいものを一つ選んでください。

　　1)（　　　　　）

　　＊聴解問題音檔 QR Code 請參閱 P.11

コーラの豆知識

秋天限定，關於彼岸花

　　在日本，一年有 2 次的「彼岸」期間，分別是春分跟秋分的前後一週，這段期間分別叫「春彼岸」、「秋彼岸」。在「秋彼岸」期間，有一種花會開花，那就是「彼岸花」，「彼岸花」又被稱為「相思花」，在《法華經》中有這樣的一段話；

　　「彼岸花，開彼岸，只見花，不見葉」

　　這指的是「彼岸花」在花開的時候看不到葉子，有葉子的時候又看不到花，花葉兩不見，就像遇不著的戀人般，生生相錯，令人惋惜，也因此「彼岸花」也被認為是世上最悲傷的花。

1. 《　　　　　》の中から最もよいものを選んでください。
必要な場合は、適当な形に変えてから書いてください。

1) 私たちの上司はとても（　　　　　）になる人です。

2) 銀行へ行ったら、（　　　　　）がない引き落としがあってびっくりした。

3) このクラスの学生はみんな努力家だが、（　　　　　）彼はやる気がある。

4) 出発の 10 分前までには準備を（　　　　　）こと。

5) このようなアプリは（　　　　　）世界初でしょう。

6) 毎晩運動を（　　　　　）ようにしています。

7) 後で（　　　　　）ように、今精一杯頑張りましょう。

8) 最近同じような（　　　　　）を言われることが多い。

9) 毎日することがなくて、何だか（　　　　　）。

10) このマークのある席は（　　　　　）の方や小さい子どものために空けておかなければなりません。

《　　　　　　　年配　整える　欠かす　とりわけ　おそらく
悔やむ　虚しい　クレーム　頼り　心当たり　　　　　　　》

2. 《　　　　》の中から最も適当なものを選んでください。

1) どう説明したって、私の気持ちは（　　　　　　）誰にもわからないだろう。
　《　どうにか　／　おそらく　／　どうも　》

2) 1年に出るごみを（　　　　　　）少なくするためにはどうすればいいでしょうか。
　《　わりに　／　よけい　／　より　》

3) 今月こそ実家に帰りたい。（　　　　　）休みが取れればの話だが。
　《　もっとも　／　かならずしも　／　せっかく　》

4) ここ数年、この製品の売り上げが（　　　　）よかった。
　《　しだいに　／　たっぷり　／　とりわけ　》

5) （　　　　　）話でこんなに盛り上がる。本当に彼は面白い。
　《　とりとめもない　／　あいまいな　／　いちいち　》

6) こんなに大切なこと、どうして（　　　　　）話し合って決めなかったの？
　《　ますます　／　いちいち　／　よくよく　》

7) 私としては（　　　　　）やっているつもりだが、なかなか上司に認めてもらえない。
　《　せいいっぱい　／　せっかく　／　ひとたび　》

8) 彼女は怪我をして、歩くことは（　　　　　）ベッドから起き上がることもできなくなった。
　《　ばかりでなく　／　おろか　／　のみならず　》

9) このチームで彼はすでに（　　　　）存在となっている。
　《　ふかけつな　／　むかけつな　／　ひかけつな　》

10) （　　　　　）今日の会議は中止になったと思っていた。
　《　おそらく　／　てっきり　／　せっかく　》

3.《　　　　》の中の表現を並べ替えて、正しい文にしてください。

1)《　ことなく　／　成績に　／　今の　／　満足する　》勉強を続けるつもりだ。

→＿＿＿＿＿＿＿＿＿＿＿＿＿＿＿＿＿＿＿＿＿＿＿勉強を続けるつもりだ。

2)《　そろわない　／　留学に　／　書類が　／　限り　／　必要な　》手続きは始められない。

→＿＿＿＿＿＿＿＿＿＿＿＿＿＿＿＿＿＿＿＿＿手続きは始められない。

3)《　末に　／　転職　／　迷った　／　について　》もう 1 年この会社に残ることにした。

→＿＿＿＿＿＿＿＿＿＿＿＿＿＿＿＿＿もう 1 年この会社に残ることにした。

4)セール品《　返品は　／　つき　／　いたします　／　お断り　／　に　》。

→セール品＿＿＿＿＿＿＿＿＿＿＿＿＿＿＿＿＿＿＿＿＿＿＿。

5)この店の料理は《　おいしそうだ　／　から　／　店の雰囲気　／　して　》。

→この店の料理は＿＿＿＿＿＿＿＿＿＿＿＿＿＿＿＿＿＿＿＿。

6)《　わからなくて　／　なかった　／　何を　／　答えよう　／　聞かれたか　／　が　》。

→＿＿＿＿＿＿＿＿＿＿＿＿＿＿＿＿＿＿＿＿＿＿＿＿＿＿＿。

7)やっと《　10 年　／　終わった　／　工事が　／　わたった　／　に　》。

→やっと＿＿＿＿＿＿＿＿＿＿＿＿＿＿＿＿＿＿＿＿＿＿＿＿。

8)《　準備不足　／　原因は　／　我々の　／　ほかならない　／　失敗の　／　に　》。

→＿＿＿＿＿＿＿＿＿＿＿＿＿＿＿＿＿＿＿＿＿＿＿＿＿＿＿。

9)このアニメは子ども《　だけでなく　／　楽しめる　／　でも　／　大人　》。

→このアニメは子ども＿＿＿＿＿＿＿＿＿＿＿＿＿＿＿＿＿＿。

10)買い物に行ったが《　帰ってきた　／　何も　／　歩き　／　あげく　／　買わずに　／　回った　》。

→買い物に行ったが＿＿＿＿＿＿＿＿＿＿＿＿＿＿＿＿＿＿＿。

4. 次の文章を読んで、文章全体の内容を考えて、 1 から 4 の中に入る最もよいものを、①から④から一つ選んでください。

今の時代、日本で家に風呂がないという人は極めて少ないだろうが、昔はそれが当たり前だった。家に風呂がないので、誰もが風呂に入りに銭湯へ通っていた 1 。

銭湯と聞いてすぐに思いつくのが富士山だ。関東の銭湯では、風呂場に大きな富士山の絵が描かれていることが多い。これは、大正時代（1912 年～ 1926 年）、東京の銭湯で、経営者が施設を増築する 2 「子どもが喜んで入ってくれるように」と、浴室の壁に絵を描くことを発案したことに始まる。依頼した絵師が静岡県出身で、故郷の富士山を描いたのだ。日本人はもともと富士山が好きだ。また、広い風呂場に裾野がきれいに広がる富士山はぴったりだったのだろう、東京近郊の銭湯を中心に、壁に富士山を描くことが一つの流行となった。

私は東京で一人暮らしを始めて以来、仕事が忙しく、風呂につかる 3 シャワーで済ませ 4 日が続いてる。今度の休みには、久しぶりに近所の銭湯でゆっくり足を伸ばして湯につかり、富士山を眺めたい。

1	① ことだ	② ものだ	③ ことか	④ だけだ
2	① さいに	② しだいに	③ のにおうじて	④ のにもとづいて
3	① はずなく	② べきでなく	③ ものではなく	④ ことなく
4	① てしまった	② ざるをえない	③ ようがない	④ がたい

5. 《聴解問題》この問題は全体としてどんな内容かを聞く問題です。話の前に質問はありません。まず話を聞いてください。それから質問と選択肢を聞いて、1から4の中から最もよいものを一つ選んでください。

1)（　　　　　）

2)（　　　　　）

＊聴解問題音檔 QR Code 請參閱 P.11

第十三課

13 だいじゅうさんか

- ○○上 vs. ○○の上
- A を始め（として）B、C
- A くらいなら B
- ～ないものか
- ～ながら
- ～なりに vs. ～なりの
- ～にしても
- ～ものの
- ～のあまり
- ～きり

一緒に頑張りましょう！

13 鬼
第十三課

〈 たんご 単語 〉

	單字	漢字	中譯	詞性
1	アプリ		應用程式	名詞
2	いっすんぼうし	一寸法師	傳說故事的名稱	名詞
3	おおおとこ	大男	大漢	名詞
4	おまけ		贈品	名詞
5	きば	牙	犬齒	名詞
6	ざいあくかん	罪悪感	罪惡感	名詞
7	せつぶん	節分	立春的前一天	名詞
8	だいず	大豆	大豆	名詞
9	つぐない	償い	贖罪	名詞
10	つの	角	角	名詞
11	ばけもの	化け物	妖怪	名詞
12	ひんど	頻度	頻率	名詞
13	まばたき		眨眼	名詞
14	みかた	味方	同伴	名詞
15	むかしばなし	昔話	傳說故事	名詞
16	わら	藁	稻稈	名詞
17	こわがる	怖がる	害怕	動詞 I
18	すがる		依靠	動詞 I
19	まく	撒く	撒	動詞 I
20	たいきする	待機する	待機	動詞 III
21	ダウンロードする		下載	動詞 III
22	ちゅうちょする	躊躇する	躊躇	動詞 III
23	ずるい		狡猾	い形容詞
24	せいりょくてき	精力的	積極	な形容詞
25	ちょうじんてき	超人的	超人	な形容詞

〈 たんご 単語 〉

單字	漢字	中譯	詞性
26 みぢか	身近	親近	な形容詞
27 むえん	無縁	沒有關係	な形容詞
28 ユニーク		獨特	な形容詞
29 かろうじて		勉勉強強	副詞
30 たびたび	度々	好幾次	副詞

〈 鬼 〉

「鬼」というと、体が赤色や青色で、鋭い牙や角を持ち、虎の皮のパンツをはいた大男の姿を想像する日本人が多い。想像上の恐ろしい化け物で、日本の伝統文化をはじめ、「桃太郎」や「一寸法師」など、日本の昔話にも鬼は度々登場する。また、「悪いもの」「恐ろしいもの」というイメージ以外にも、「強いもの」「超人的」のような代名詞として「仕事の鬼」などと使われる興味深い言葉でもある。

日本で一番鬼を身近に感じるのは、2月3日の節分だろう。節分の日、一般的には「鬼は外」と言いながら玄関先から外へ、「福は内」と言いながら家の中に福豆（煎り大豆）をまき、年齢の数だけ豆を食べる。この時期になると、スーパーなどではおまけに鬼の面が付いた福豆が販売される。これは、家族の誰かが鬼の役をする時にかぶるのだ。私が幼い頃は、うちでは父親が鬼役をしていた。しかし、少し大きくなるとジャンケンで決めることになった。私はジャンケンが弱く、よく負けた。鬼になるくらいなら豆まきなんてしなくていいと思うほど嫌だった私は、どうにかならないものかと考えた。そこで、悪いことだとわかっていながらも風邪をひいたとジャンケンで負けた後に嘘をつき、かろうじてならずにすんだ。鬼役は寒い外で待機しなければならないので、無理にさせられることはないからだ。けれど、寝る時間にはいつもホッとした反面、罪悪感と不安でいっぱいだった。節分の日、豆まきすることによって幸福はもたらされるが、ずるい子には無縁だとわかっていたからだ。なので、それからしばらくは家事の手伝いを精力的にしたりして、私なりに償いをした。今考えると、本当に情けないことだ。

鬼は子育て中の親の味方になることもある。子どもを叱る時、「〇〇しないと鬼が来るよ」と言うと一瞬でいい子になるのだ。全ての子どもが必ずしもそうではないが、面白い方法ではある。最近は、「言うことを聞け！」という声が流れる「鬼から電話」という

〈 鬼 〉

アプリが注目を集めているくらいだ。しかし、使うにしてもやはり子どもを怖がらせて教育するのはよくないので、できるだけ頻度は低くしたいところだ。このアプリのせいで必要以上に怖がりになってしまったら大変だ。でも、子どもがどうしても言うことをきかない時には、藁にもすがりたい気持ちが親にこのアプリを使わせずにはおかない。先日、私も面白半分でダウンロードして使ってみたものの、最初は驚きのあまりまばたきを繰り返していたが、すぐにギャハハと笑い始めた。つまり、我が子には効果はなかったというわけである。一度試したきり、それからはもう聞かせていない。

　日本の鬼は、非常にユニークだ。地域によっては神様的存在でもある。子ども向けの本には、心優しい鬼も登場する。鬼を知れば知るほど、節分の豆まきで「鬼は外」と叫ぶのを躊躇することになるかもしれない。

文　型

1. ○○上・○○の上（從～觀點來看 / 在～方面上）
   ・これらの冷蔵庫は外見上（じょう）みんな同じだが、機能はかなり違う。
   （這些冰箱在外觀上一樣，但功能很不同。）
   ・日本の週刊誌は、子どもの教育の上（うえ）では、よくない特集が多い。
   （日本的週刊誌，有很多對兒童教育不好的特集。）

2. Λを始め（として）B、C（以Λ為代表，B、C也～）
   ・PCHOME 24はパソコンを始め、生活品や書籍など、何でも売っている。
   （PCHOME24小時購物除了電腦以外，生活品、書籍等等什麼東西都有賣。）
   ・サミットは総理を始めとして、大臣、議員など、みんな出席する。
   （領袖會議以日本的總理為首，大臣、議員大家都出席了。）

3. AくらいならB（與其A的話倒不如B）
   ・元気に育つために、変な漢方薬を飲まされるくらいなら、成長しなくていい。
   （如果是為了健康成長而被迫喝奇怪的中藥，那寧可不要長大。）
   ・結婚して自由がなくなるくらいなら、一生独身でいる方がいい。
   （與其結婚失去自由，倒不如一輩子都單身比較好。）

4. ～ないものか（難道不能～嗎？）
   ・こんな味の悪い店、二度と来るものか。
   （味道這麼差的店，我哪有可能再來第二次。）
   ・公務員の態度はもっと親切にならないものか。
   （公務員的態度難道不能更親切一點嗎？）

5. ～ながら（雖然～，但是～）
   ・たばこは体に悪いと知りながら、やめられない。
   （明明知道香菸對身體不好卻戒不掉。）
   ・自分の家は狭いながらも、落ち着いている。
   （自己的家雖然狹小，但是讓人很安心。）

6. かろうじて（勉勉強強～ / 好不容易～）
   ・急ぎ足で駅へ行って、かろうじて終電に間に合った。
   （急急忙忙趕去車站，好不容易趕上電車。）
   ・年金だけで、かろうじて生活ができた。
   （靠年金勉勉強強地維持生活。）

7. ～反面（另一方面 / 相對地）
   ・家の近くに夜市があると、買い物が便利になる反面、騒音や煙などで困る。
   （住家附近如果有夜市，買東西會比較方便，但是另一方面，噪音和煙味的問題會讓人感到很困擾。）
   ・妻は日頃は優しい反面、怒ると人を殺すほど怖い。
   （我的老婆平日很溫柔，但是相對地，一生起氣來如同要殺人般恐怖。）

8. ～なりに・～なりの（符合～的 / 適合～的）
　・死刑について、みんな自分なりの考え方を持っている。
　　（關於死刑，每個人都有自己的想法。）
　・まだ新人ですが、王さんは王さんなりに頑張った。
　　（雖然還是新人，但小王用自己的方式努力過了。）

9. ではある（對比）
　・彼の成績は１番ではないが、上位ではある。
　　＝彼の成績は１番ではないが、上位です。
　　（他的成績並不是最好的，但是還是排在前面。）
　・素晴らしい方法ではないが、面白い方法ではある。
　　＝素晴らしい方法ではないが、面白い方法です。
　　（雖然並不是很棒的方法，但卻是很有趣的方法。）

10. ～にしても（即使～也 / 就算～也）
　・このシャツは、私が着るにしても、小さすぎる。
　　（這件襯衫即使我來穿也還是太小件。）
　・今の学生は欠席するにしても、自分勝手で、学校側に連絡するなどはしない。
　　（現在的學生即使缺課，也很任性，完全不會向學校那邊聯絡。）

11. ～せいで（都是～不好）
　・暑さのせいで、うちの猫は最近食欲があまりないようだ。
　　（因為天氣熱的關係，我家的貓最近似乎不太有食慾的樣子。）
　・年のせいか、物忘れがひどくなった。
　　（不知道是不是上了年紀的緣故，最近忘東忘西的毛病變嚴重了。）

12. ～ずにはおかない（絕對會～ / 一定會～）
　・あの映画は感動的で、涙を流させずにはおかない。
　　（那部電影很令人感動絕對會讓你哭。）
　・その小説は読んだ者を感動させずにはおかない。
　　（那本小說一定會讓讀者感動的。）

13. ～ものの（事物沒有辦法順利進行）（雖然～，但是～）
　・台湾では、大学を出たものの、就職ができずアルバイトをする人が多い。
　　（在台灣，雖然大學畢業了，但是很多人沒有辦法順利就職而去打工。）
　・政府が様々な対策を講じたものの、労働者の給料はどんどん下がっていった。
　　（政府打出各式各樣的對策，但勞動階級的薪水卻越來越低。）

14. ～のあまり（太過於～）
　・怒りのあまり、彼はその場で気を失ってしまった。
　　（太過於生氣，他當場失去意識。）
　・緊張したあまり、彼は好きな人に、告白できなかった。
　　（由於太過於緊張，他無法對喜歡的人告白。）

13

だいじゅうさんか　第十三課

文 型

15. つまり〜である（下結論）（也就是說〜）
  ・熱で会社へ行けない。つまり今日は欠勤するのである。
    （因為發燒沒有辦法去公司，也就是說今天要缺勤了。）
  ・暑いのに、風邪を引いたのは、つまり体調管理が悪かったからである。
    （明明很熱卻感冒，也就是沒有做好身體管理的緣故。）

16. 〜きり（自從〜後，就一直沒〜）
  ・牛丼は去年日本で食べたきり、食べてないなあ。
    （牛丼自從去年在日本吃過以後就一直沒再吃了。）
  ・彼女はうつむいたきり、動こうとしない。
    （她低下頭，一動也不動。）
  ・彼女とは2年前に台北で会ったきりだ。
    （兩年前在台北遇見她之後就沒有再見面了。）

まとめ問題

1. 行くかどうか悩む（　　　　　）、行かないほうがいい。
　　① くらいで　　② くらいなら　　③ むしろ

2. 一度失敗したぐらいで、諦める（　　　　　）。
　　① ものだ　　② ものの　　③ ものか

3. 子どもの成長は嬉しい（　　　　　）、少し寂しい。
　　① はんめん　　② うらめん　　③ そくめん

4. 子どもには子ども（　　　　　）悩み事がある。
　　① なりの　　② きりの　　③ よりの

5. 高校で勉強し（　　　　　）、三角関数を使ったことがない。
　　① たうえで　　② っぱなし　　③ たきり

6. ぶどう（　　　　　）、日本には秋が旬の果物が多い。
　　① をはじめ　　② をはじめて　　③ にはじめて

7. 大英帝国は歴史（　　　　　）で最も領土が大きい国だ。
　　① 中　　② 上　　③ 的

8. あの人は妻がい（　　　　　）、他の女性とデートをしている。
　　① ながら　　② る関わらず　　③ るても

9. 急いでいる（　　　　　）、列に割り込んではいけない。
　　① だけに　　② にしても　　③ からこそ

10. 驚きの（　　　　　）、声が出なかった。
　　① あまり　　② ことに　　③ ともに

聴解問題

まず話を聞いてください。それから質問と選択肢を聞いて、1 から4の中から最もよいものを一つ選んでください。

    1）（   ）

＊聴解問題音檔 QR Code 請參閲 P.11

14 だいじゅうよんか

- ～までして
- さえ～ば
- ～てならない
- だけに
- ～とも
- ～ないものでもない
- ＡやらＢやら
- ～てこそ
- ～げ
- なし vs. 抜き

一緒に頑張りましょう！

〈 たんご 単語 〉

	單字	漢字	中譯	詞性
1	あゆ	鮎	香魚	名詞
2	いこつ	遺骨	遺骨	名詞
3	いちげんさん	一見さん	生客	名詞
4	いはん	違反	違反	名詞
5	おかみさん	女将さん	老闆娘	名詞
6	おんしつ	温室	溫室	名詞
7	さいばい	栽培	栽培	名詞
8	さほう	作法	禮節	名詞
9	じか	直	直接	名詞
10	ししゃ	死者	死者	名詞
11	しっき	漆器	漆器	名詞
12	しゅいろ	朱色	朱紅色	名詞
13	しゅん	旬	盛產的季節	名詞
14	せいとうは	正統派	正統派	名詞
15	ていえん	庭園	庭園	名詞
16	とこのま	床の間	壁龕	名詞
17	むけいぶんかいさん	無形文化遺産	無形文化遺産	名詞
18	ユネスコ		聯合國教科文組織	名詞
19	ようしょく	養殖	養殖	名詞
20	りょうてい	料亭	日本料理店	名詞
21	うたがう	疑う	懷疑	動詞 I
22	つきさす	突き刺す	扎	動詞 I
23	おともする	お供する	陪伴	動詞 III
24	かそうする	火葬する	火葬	動詞 III
25	ていきょうする	提供する	提供	動詞 III

〈 たんご 単語 〉

單字	漢字	中譯	詞性
26 ふきつ	不吉	不吉利	な形容詞
27 ほこらしげ	誇らしげ	洋洋得意	な形容詞
28 ほんかくてき	本格的	正式	な形容詞
29 ぎっしり		滿滿地	副詞

2013年、ユネスコの無形文化遺産に選ばれた日本料理。

外国人の友達が、いっしょに日本料理を食べに行こうと言って見せてくれたのは、500円玉がぎっしり詰まった貯金箱だった。本格的な日本料理を知るには料亭に行くといいと耳にしたとかで、そのために貯金したらしい。そうまでして行きたがっていたとは思っていなかったので驚いた。

友達が行こうとしているのはただの料亭ではなく、誰かの紹介がなければ入れない「一見さんお断り」の店だった。お金を払いさえすればいいというわけではないのだ。今回は、友達の勤める会社の部長が、勉強のためにと店に無理を言って口をきいてくれたそうだ。私は日本人だけれどちゃんとした料亭に行ったことがなかったので、せっかくの機会だからお供することにした。

友達が不安でならないと心配して日本料理のマナーについて聞いてきたので、行く前に箸のマナーを教えた。やってはいけない作法は30以上あるが、日本人が一番マナー違反だと感じるのは、箸から箸に食べ物を渡す「合わせ箸」だ。これは、日本では死者を火葬した後、遺骨を拾う時にする行為を連想させるだけに、不吉とされているのだ。他にも、箸で突き刺して食べる「刺し箸」や、箸を持ったまま「どれを次に食べよう」と迷う「迷い箸」にも気を付けなければならない。見た目が悪いだけでなく、「刺し箸」は火がきちんと通っているか疑っているように見え、失礼になる。ちなみに日本の家庭では個人専用の箸と茶碗がある。大皿から自分の箸を使って直接とるのも「直箸」といってマナー違反だ。

〈 日本料理を楽しむ 〉

　連れていってもらった料亭は、何もかもがすばらしかった。きれいな庭園、床の間の
ある正統派の和室、朱色の漆器と、目だけでも十分楽しめる。友達は読んだ漫画の影
響で、高級な日本料理といえば鮎の塩焼きが出てくると思っていたようだったが、それ
はなかった。

　「日本料理は日によって料理が違うんですか?」

　友達が女将さんに聞いてみると、こう返ってきた。

　「そのとおりですとも。旬の食材を使っておりますので。」

　冬は鮎の季節ではないそうだ。

　「というと、季節によっては食べられない日本料理があるということですよね。」

　「本当はいつでも同じものを提供できないものでもないのですが、店の伝統を守って
いるのです。」

　確かに今は温室栽培やら養殖やらがあるので、だいたい一年中食べられる。しかし、
やはり旬のものが一番おいしいに決まっている。春なら桜に新緑、秋なら紅葉や十五
夜の月など、季節を肌で感じながら旬のものを味わってこそ真の日本料理の楽しみ方
であると、女将さんは誇らしげに話してくれた。だから、料亭には日本庭園があるんだ
そうだ。

　友達は鮎を楽しみにしていたので、少しがっかり
していたが、他の料理は満足したようだ。

　「お茶でも飲みながら少し話そう。」

　そう言っていつものカフェに入り、息をつく。今の
私達には、まだあの店は敷居が高かったようだ。

14

だいじゅうよんか　第十四課

1. ～までして (甚至～)
　　・彼は資金繰りに困っていて、借金までしてしまった。
　　　(他煩惱資金周轉問題，甚至還去借了錢。)
　　・恨みがなかなか晴れず、腹いせに彼は放火までした。
　　　(一股恨意怎麼也無法消除，為了發洩他甚至還去縱火。)

2. ～とは思わなかった (沒想到～)
　　・コンビニの弁当がこんなにおいしいとは思わなかった。
　　　(便利商店的便當沒想到這麼好吃。)
　　・臆病者の彼がみんなの前で好きな人に告白するとは思わなかったので、びっくりした。
　　　(膽小鬼的他沒想到竟然在大家的面前，對著喜歡的人告白，真是令人嚇一跳。)

3. さえ～ば (只要～的話就…)
　　・陽子線治療さえ受ければ、ガンの完治が可能です。
　　　(只要接受陽子線治療的話，癌症是有可能痊癒的。)
　　・毎日牛乳さえ飲み続ければ、子どもは元気に育つだろう。
　　　(如果每天喝牛奶的話，小孩子應該會健康地成長吧。)

4. せっかくの～ (難得的～ / 好不容易才有的～)
　　・緊急事態が発生して、会社に呼ばれた。せっかくの休みが台無しになった。
　　　(因為公司發生緊急的狀態，就被叫回公司去了。難得的休假泡湯了。)
　　・朝から雨が降り始めて、せっかくのデートが台無しになった。
　　　(從早上就開始下雨，可惜了難得的約會。)

5. ～てならない (非常～)
　　・おばあさんが転んだので、怪我の状態が心配でならない。
　　　(老奶奶跌倒了，非常擔心她的傷勢。)
　　・なぜかわからないが、悲しい時には、この音楽を聞きたくてならない。
　　　(雖然也不知道為什麼，但是在悲傷的時候，非常想聽這個音樂。)

6. だけに (正因為是～)
　　・王さんは長い間日本で生活していただけに、流暢な日本語が話せる。
　　　(正因為小王長時間在日本生活的緣故，所以他能夠說上一口流暢的日語。)
　　・普段優しいだけに、母が怒ると、とても怖い。
　　　(正因為平常很溫和，所以媽媽一旦生氣起來就會更讓人覺得很恐怖。)

7. ～てもらう
　　① 感謝對方幫我
　　・通りすがりの人に写真を撮ってもらいました。
　　　(請路人幫我拍照片。)
　　② 請求別人
　　・読めないから、読んでもらえませんか。
　　　(因為我不會唸，可以請您唸一下嗎？)

8. ～とも（斷定）（當然～）
・A：明日、来てくれるかな。
　（明天，你能來嗎？）
　B：いいとも。
　（當然可以。）
・A：UFO 見たことある？
　（你有看過幽浮嗎？）
　B：あるとも。昨日も宇宙人が現れて一緒にボーリングしたんだ。
　（當然有啊。昨天也有外星人出現，然後一起打了保齡球。）

9. ～ないものでもない（並非不能 / 並非無法）
・ブランド品のかばんは高いけど、買えないものでもない。
　（名牌的包包雖然昂貴，但是也不是買不起。）
・機械の操作は複雑なところがあるけど、できないものでもない。
　（機械的操作有一些很複雜的地方，但是也不是說不會操作。）

10. 確かに・確か
　① 確定
・書類は、確かに受け取りました。
　（文件確實有收到了。）
　② 不太確定
・確か去年の 4 月だったと思います。
　（如果沒有記錯的話應該是去年四月吧。）

11. A やら B やら
　① 負面
・あの人は振られて、大声で叫ぶやら、泣くやらで、情緒が不安定になっている。
　（那個人被甩了，大聲喊叫啦，要不然就是在那邊哭啦，情緒變得很不安穩。）
　② 量多豐盛
・鍋の中にはアワビやら、エビやら、新鮮な魚介類がたっぷりです。
　（鍋子裡面有鮑魚啦，蝦子啦，新鮮的魚貝類很多很豐盛。）

12. 決める vs. 決まる
　① 人為決定
・社会人として、（わたしは）初めての仕事を営業に決めました。
　（作為社會人士，我的第一份工作決定要當業務。）
　② 定下來
・新しい仕事が決まったら、引っ越しもしなければならない。
　（新的工作定下來之後，也必須搬家了。）

14

だいじゅうよんか　第十四課

13. ～に決まっている（肯定是～／絕對是～）
　　・宝くじでお金持ちになったなんて、嘘に決まっている。
　　（什麼中了彩券變成有錢人之類的，肯定是騙人的。）
　　・夏は言うまでもなく、暑いに決まっている。
　　（夏天不用說肯定是很熱的。）

14. ・～てこそ（～之後才～）
　　・親になってこそ、親の気持ちがわかる。
　　（自己成為父母之後，才能夠理解父母的心情。）
　　・病気になって始めて、健康のありがたさを知った。
　　（生了病之後才開始了解健康的可貴。）

15. ～げ（樣子）
　　・怪しげな男が家の近くをうろうろしている。
　　（一個很可疑的男生在我們家附近鬼鬼祟祟地徘徊。）
　　・告白されて、彼女は恥ずかしげにうつむいていた。
　　（被告白後，她很害羞地低下頭。）
　　① っぽい（負面用法）
　　・水っぽい（水水的）、飽きっぽい（容易厭煩的）、俗っぽい（低俗、低級的）
　　　子どもっぽい（像小孩子般的）
　　② げ（情緒）
　　・嬉しげ（好像很開心的樣子）、悲しげ（一副很悲傷的樣子）
　　　不安げ（一副很不安的樣子）、得意げ（一副很得意的樣子）
　　③ 気味（身體情況）
　　・風邪気味（好像有點感冒的樣子）、太り気味（好像有點變胖了）
　　　疲れ気味（很容易累）

16. でも的三種意思
　　① 逆接
　　・眠いです。でも眠れません。
　　（想睡覺，但睡不著。）
　　② 動作的舉例
　　・お茶でも飲みませんか。
　　（要不要喝個茶什麼的？）
　　③ 極端情況
　　・こんな簡単なこと、子どもでもできます。
　　（這樣簡單的事，連小孩子都會。）

17. など・でも
　　・映画でも見ませんか。　→　映画など見ませんか。　○
　　（要不要看個電影什麼的呢？）
　　・台湾にいた時は、スイカジュースなどをよく飲んだ。
　　（在台灣的時候，常常喝西瓜汁之類的東西。）
　　　→　スイカジュースでもを飲んだ。　×

18. なし vs. 抜き（在沒 A 的狀態下，做 B）
　　① A なしで、B（A、B 通常是獨立的）
　　・眼鏡なしで新聞を読むことができない。
　　（沒有眼鏡無法讀報紙。）
　　② A 抜きで、B（A 通常是含在 B 裡面的）
　　・定食をごはん抜きで注文する。
　　（點了份沒有白飯的定食套餐。）

14

1. スマホ（　　　　）あれば、買い物できます。
　① で　　　② さえ　　　③ こそ

2. 自分で釣った魚（　　　　）、この刺身は特別に美味しい。
　① だけに　　　② からこそ　　　③ ために

3. 昨日は3時までレポートを書いていたので、今眠くて（　　　　）。
　① なれない　　　② ならない　　　③ なくない

4. だいたい外食するけど、料理（　　　　）でもない。
　① しようもの　　　② するもの　　　③ しないもの

5. もちろん、できる（　　　　）。
　① そう　　　② かな　　　③ とも

6. 部屋の床には漫画（　　　　）服（　　　　）が散らばっている。
　① やら／やら　　　② にせよ／にせよ　　　③ たり／たり

7. 佐藤さんは男前だし、話も面白いし、モテるに（　　　　）いる。
　① なって　　　② すぎて　　　③ 決まって

8. この映画は大きなスクリーンで見（　　　　）、感動する。
　① てこそ　　　② てから　　　③ てまで

9. 彼女は悲し（　　　　）様子で窓の外を眺めていた。
　① げな　　　② みたいな　　　③ そうに

10. あの人は人生経験が豊富な（　　　　）、言葉に説得力がある。
　① だけに　　　② だけが　　　③ わりに

聴解問題

まず話を聞いてください。それから質問と選択肢を聞いて、1から4の中から最もよいものを一つ選んでください。

1)（　　　　）

＊聴解問題音檔 QR Code 請參閲 P.11

關於「愛吃鬼」

在日文中「喜歡吃」常被講成「食いしん坊」和「食道楽」，不過它們有點不一樣：

・食いしん坊→貪吃，是有點負面的詞彙
・食道楽→講究吃，是個正面的詞彙
　另外，「〇〇道楽」在日文中的意思就是「講究〇〇／愛好〇〇」的意思。

一緒に頑張りましょう！

第十五課

15 だいじゅうごか

- ～最中に
- ～たって
- 切る vs. 抜く
- ～に限り
- ～にかけては
- ～ならでは
- ～にしたら
- さすが(に)～だけあって
- ～もんか
- ～において

15 本音と建前
第十五課

〈 たんご 単語 〉

單字	漢字	中譯	詞性
1 あて		依靠	名詞
2 おり	折	時候	名詞
3 かけひき	駆け引き	策略	名詞
4 キー		關鍵	名詞
5 きょうせい	強制	強制	名詞
6 げんどう	言動	言行	名詞
7 さいちゅう	最中	正在進行	名詞
8 しょうぶん	性分	性情	名詞
9 しんじつ	真実	真實	名詞
10 しんずい	真髄	精髓	名詞
11 だきょうてん	妥協点	妥協點	名詞
12 たてまえ	建前	場面話	名詞
13 とりひきさき	取引先	客戶公司	名詞
14 なやみ	悩み	煩惱	名詞
15 びとく	美徳	美德	名詞
16 ほんね	本音	真心話	名詞
17 やりとり	やり取り	對話	名詞
18 なげく	嘆く	悲嘆	動詞 I
19 みぬく	見抜く	看穿	動詞 I
20 あてる	当てる	用於	動詞 II
21 あらだてる	荒立てる	鬧大	動詞 II
22 うけいれる	受け入れる	接受	動詞 II
23 かいまみる	垣間見る	窺視	動詞 II
24 がいする	害する	傷害	動詞 III
25 なっとくする	納得する	理解	動詞 III

〈 たんご 単語 〉

	單字	漢字	中譯	詞性
26	きまずい	気まずい	尷尬	い形容詞
27	こころづよい	心強い	安心、有把握	い形容詞
28	スマート		聰明	な形容詞
29	そっちょく	率直	坦率	な形容詞
30	ゆうよう	有用	有用	な形容詞

　外国人の友達から相談を受けた。友達の会社は、1か月につき千円を社員から集め、数か月に一度の飲み会の費用にあてているとのこと。友達も最初は納得して払っていたが、だんだんともったいないと思うようになったそうだ。この前は飲み会の最中に取引先から電話がかかってきて、すぐに店を出なければならなかったそうだ。それに、用事があって参加できなかった時もあったらしい。そんな時にはちょっと高級なお菓子をお土産に買ってきてくれるらしいが、それにしたっていつも好みのものとは限らない。なんとかこれからは払わずに済む方法はないかというのが友達の悩みだ。強制参加ではないので断ってもいいはずだが、お金を出すにしろ出さないにしろ、周りの人達と気まずくなるかもしれないと嘆いていた。友達と同じように、言い出せずにいる他の社員もいるだろう。しかし、つい周りに合わせてしまい、思ってもいなくとも「楽しみですね」なんて言ってしまうのだ。

　これに限ったことではなく、日本人は「建前」といって、自分の気持ちより相手がほしいと思っているだろう言葉を使う。一方、本当の気持ちのことを「本音」というが、日本人はこれを言わないことにかけては世界一かもしれない。相手を受け入れられなかったことを伝えて悲しませないようにするための、日本ならではのコミュニケーション方法ではあるが、これは日本人でさえ全て理解することはできない。言われた方にしたら建前を言うのは嘘をつくのと同じだと思うかもしれないが、さすがにまじめな日本人だけあって悪意があるというわけではない。つまり、相手の気分を害したくないと思っているのは真実なのである。

　「言いたいことが言えないのはストレスがたまってしかたがないよ。来月は払うもんか!」

　友達はこう言っていたが、うまくいくだろうか。日本において、事を荒立てないのは美徳とされているので、その雰囲気に流されるとなかなか言い出せない。

　日本人が建前を言うのに対して欧米では最初にはっきりと気持ちを伝え、その後のやり取りで互いの妥協点を見つけるという。この方が物事をスマートに進められるかもしれない。しかし、日本人の「本音と建前」は文化であり、率直に言い過ぎない性分は物語を作るには有用である。日本の漫画やアニメが人気なのも、この「本音と建前」がいい味を出し、駆け引きがキーとなる人間ドラマを生むからかもしれない。

　かと言って、本音を見抜けないと困る。けれど、よくある「建前」を覚えておけば心強い。「また今度」や「何かの折にお知らせします」は、その後連絡が来なくても気にしない方がいい。また、言動はあてにならなくても行動を重視すれば確実だ。そして、相手が本音を話してくれるようになったら、その人は心を許してくれているということだ。心の距離を縮めるには時間がかかるかもしれないが、日本人の親友ができた時、日本文化の真髄を垣間見ることができるだろう。

文　型

1. ～につき
    ① 数量＋につき（毎～）
    ・私の電話代は 1 か月につき、800 元ぐらいです。
    　（我的電話費每一個月 800 元左右。）
    ② 原因理由
    ・この先は工事中につき、通行禁止となっています。
    　（前面正在施工，所以禁止通行。）

2. 時間長度＋に（在～時間做～次…）
    ・多くの留学生は 1 年に 2 回国へ帰る。
    　（許多留學生一年回國兩次。）
    ・仕事のため、私は 1 か月に 1 回台北へ行く。
    　（因為工作的緣故，我一個月去一次台北。）

3. ～最中に（～最 high 的時候 / ～最高潮的時候）
    ・カラオケの最中に、警察が部屋に入ってきた。
    　（唱歌唱到最高潮的時候，警察進來房間。）
    ・彼女とデートしている最中に、仕事の連絡が来て、とても困った。
    　（跟女朋友約會到最高潮的時候，工作的聯絡來了，非常困擾。）

4. ～たって（でも的口語用法）（不管～ / 即使～）
    ・いくら探したって、落とした財布がなかなか見つからないかも。
    　（不管怎麼找，遺失的錢包或許再也找不到了。）
    ・隣の子どもたちが大きい声で叫んだって、彼は一心不乱に本を読み続けるよ。
    　（不管隔壁的小孩子怎麼大聲喊叫，他也能繼續全神貫注地讀書。）

5. A にしろ B にしろ（不管 A 還是 B）
    ・嘘にしろ、本当にしろ、自分の目で確認したい。
    　（不管是假的還是真的，都想親眼確認。）
    ・賛成にせよ、反対にせよ、その理由を提出してください。
    　（不管是贊成還是反對，請提出理由。）

6. 切る VS. 抜く
    ① ～きる（完全～ / 徹底～）（強調結果）
    ・彼は 50 キロのマラソンを走り切った。
    　（他跑完 50 公里的馬拉松。）
    ② ～抜く（努力克服某種困難的狀況，將某事做完）（重視努力的過程）
    ・足が痛くても、彼は最後まで走り抜いた。
    　（就算腳很痛，他還是努力跑完全程。）

7. ～に限り（只要是～／只限定～）
・うちの子に限って、そんな変なことをするはずがない。
（只要是我家的小孩子就不會做那種奇怪的事情。）
・今日に限って、すべての商品を半額とさせていただきます。
（今日限定所有的商品全部半價。）
・割引券を持参のお子様に限り、入場料を 500 円割引いたします。
（只要是有帶折價券來的小孩子，入場費便宜五百日圓。）

8. 一方
① 對比
・生活はますます便利になっているが、一方で、多くの自然が失われている。
（生活變得越來越方便，但是另一方面，很多自然環境都消失了。）
② 負面情況持續發展
・高齢化社会では、増える一方の医療費にどのように対応するかが大きな課題になる。
（在高齡化社會，對於不斷增加的醫療費，該如何對應？成為一個很大的課題。）

9. ～にかけては（在～方面上／在～領域上最～）
・パソコンの知識にかけては、彼より詳しい人はいない。
（在電腦知識的領域上，沒有人比他還懂。）
・彼女を愛することにかけては、ほかの誰にも負けない。
（以對她的愛來說，我一點都不輸給任何人。）

10. ～ならでは（～獨有／～才有）
・この絵は、子どもならではの無邪気さでいっぱいです。
（這一幅畫充滿了小孩獨有的天真無邪。）
・夜市ならではの B 級グルメはどれも安くて、美味しい。
（夜市獨有的平民美食，不管是哪一個都便宜又好吃。）

11. ～にしたら（站在～立場來看／就～立場而言）
・郭さんにしたら、大したお金ではないが、私にしたら、大金なんです。
（對郭先生來說沒多少錢，但是對我而言是一個很大的金額。）
・子どもにしてみたら、ニュース番組はあまり面白くないと思う。
（我覺得站在小孩子的立場來看，這個新聞節目應該不太有趣吧。）

12. さすが（に）～だけあって（真不愧是～／因為～所以理所當然）
・さすが海に近い町だけあって、ここではよくカモメの姿が見られる。
（不愧是靠海的村子，能夠很常看到海鷗的身影。）
・さすがに一流のプロだけのことはあって、仕事の仕上がりがとてもいい。
（真不愧是一流的專家，工作完成度很高。）

13. ～に対して（對某人進行動作或表示態度）（對～）
・あの人は子どもに対してとても親切だ。
（那個人對小孩很親切。）

文 型

14. ～にとって (表示立場、觀點，接續評價形容詞，或有價值、意義東西) (對～而言)
    ・子どもは親にとって宝物だ。
     (對爸媽而言，小孩是寶物。)

15. ～てしかたがない (很～ / 非常～)
    ・明日 1 年ぶりに彼女に会えると思うと、うれしくてしかたがない。
     (一想到明天可以跟隔了一年沒見面的她見面，就覺得非常高興。)
    ・5 年も付き合っていた彼女に振られて、悲しくてしかたがない。
     (被交往了五年的女朋友甩掉，非常地悲傷。)
    ・あの店員の失礼な態度を思い出すたびに、腹が立ってしょうがない。
     (每當想到那個店員沒有禮貌的態度，我就非常地生氣。)

16. ～もんか (絕對不～ / 怎麼會～)
    ・恋したことのないあなたに振られた人の気持ちがわかるものか。
     (從來沒有談過戀愛的你怎麼會了解被甩掉的人的心情呢？)
    ・あんな嘘ばかりつく男はあてになるもんか。
     (那種滿口謊言的男人怎麼可能可靠呢。)

17. ～において (＝で，在～)
    ・表彰式はカルチャーセンターにおいて行われる予定です。
     (表揚典禮預定在文化中心舉辦。)
    ・卒業生の皆さん、人生において一番大切なものは何だと思いますか。
     (各位畢業生們，在人生過程中最重要的東西你們覺得是什麼呢？)

18. A に対して B (相對於 A，B ～)
    ・大卒の初任給は台湾人は 22K であるのに対して、日本人は 70K です。
     (大學畢業的起薪，相對於台灣人只有 22K，日本人則是 70K。)
    ・日本人の平均寿命は男性は 79 歳なのに対して、女性は 85 歳です。
     (日本人的平均壽命，相對於男性是 79 歲，女性則是 85 歲。)
    ・台湾では、日本語を勉強する人が多いのに対して、日本では、中国語を勉強する人が少ない。
     (相對於在台灣學習日文的人很多，在日本學習中文的人卻很少。)

19. ～折に (～時候)
    ・暑さも厳しい折、くれぐれもお体にお気をつけください。
     (酷暑炎熱之際請多保重你的身體。)
    ・日本に滞在していた折には、大変お世話になりました。
     (在日本的期間承蒙多方關照了。)

1. 台風が来たので、（　　　　　）の旅行が中止になった。
   ① せっかく　　② まったく　　③ いっぱい

2. 店舗改装に（　　　　　）、12月2日まで休業いたします。
   ① わけで　　② よる　　③ つき

3. 泣い（　　　　　）、問題は解決しない。
   ① たのに　　② たって　　③ てすら

4. 仕事の依頼を受ける（　　　　　）、断る（　　　　　）、すぐに返事をしなければならない。
   ① とか／とか　　② やら／やら　　③ にしろ／にしろ

5. 早く新しい仕事を見つけないと、貯金が減る（　　　　　）だ。
   ① きり　　② いっぽう　　③ わけ

6. 料理の腕に（　　　　　）は自信がある。
   ① かけて　　② とって　　③ よって

7. 市場にはその季節（　　　　　）の食材が並んでいる。
   ① よりには　　② なりには　　③ ならでは

8. さすがにテレビで紹介されただけ（　　　　　）、連日お客さんで賑わっている。
   ① から　　② で　　③ あって

9. 足の裏を蚊に刺されて、痒くて（　　　　　）ない。
   ① しがただ　　② したかが　　③ しかたが

10. 本屋に立ち寄った（　　　　　）、10年ぶりに高校の友達に出会った。
    ① うちに　　② ほどに　　③ おりに

聴解問題

まず話を聞いてください。それから質問と選択肢を聞いて、1から4の中から最もよいものを一つ選んでください。

    1)（   ）

＊聴解問題音檔 QR Code 請參閱 P.11

コーラの豆知識

日本人的「吉兆」觀！

　　每到春天，許多騎樓都會有燕子回來築巢，「燕歸來」是好的徵兆，不光是台灣人，連日本人也覺得「ツバメが巣を作る」會帶來好運。

　　此外，「朝の下がり蜘蛛」，早上看到垂著絲下來的蜘蛛，或是「夢に白い蛇」，夢裡出現白蛇等，都是非常好的徵兆。

　　日本人覺得，「朝の下がり蜘蛛」象徵「客人或者想見的人會來」，而「夢に白い蛇」則象徵著「會撿到錢」。另外，聽說傳統台灣人的觀念中，夢到蛇也代表會有偏財運，這個說法跟日本的情況相較下又是如何，實在值得考察。

1. 《　　　　》の中から最もよいものを選んでください。
　　必要な場合は、適当な形に変えてから書いてください。

1）どうしてそんな顔で見るの？私のこと、（　　　　　）の？
2）あの人は考え方が（　　　　　）だ。
3）茶道を習ってみたいが、いろいろな（　　　　　）があって大変そうだ。
4）彼女のお父さんと二人きりになってしまったので、とても（　　　　　）。
5）（　　　　　）の食材を使った料理は格別だ。
6）私の手帳には今月もいろいろな予定が（　　　　　）書かれている。
7）最近の（　　　　　）は夜なかなか眠れないことだ。
8）大きい声を出して、赤ちゃんを（　　　　　）しまった。
9）同僚と意見が合わなかったが、事を（　　　　　）たくなかったので何も言わなかった。
10）（　　　　　）お電話して、すみません。田中先生はいらっしゃいますか。

《　　　　旬　気まずい　疑う　ユニーク　怖がる
　　　　　ぎっしり　度々　悩み　作法　荒立てる　　　　》

2. 《　　　　》の中から最も適当な表現を選んでください。

1）日本人（　　　　　）敬語の使い方は難しい。
　《　にしても　／　にしたら　／　にすると　》
2）料理に髪の毛が入っていた。あんな店、二度と行く（　　　　　）。
　《　というものだ　／　ものだ　／　もんか　》
3）この店は歴史ある店（　　　　　）、地域の人からは一目置かれている。
　《　だけで　／　だけに　／　ばかりか　》
4）隣の部屋の人の声が気になって（　　　　　）。
　《　はしょうがない　／　しょうがない　／　はならない　》
5）合格の知らせを聞いて、（　　　　　）のあまり大きな声を出してしまった。
　《　うれしい　／　うれしく　／　うれしさ　》

6) 一人暮らしをはじめて（　　　　　）、親のありがたみがわかる。

　《　まで　／　さえ　／　こそ　》

7) 今日あのお店に（　　　　　）、開いてないと思うよ。

　《　行ったら　／　行ったって　／　行って　》

8) 息子が海外に留学しているので、いつも彼のことが心配（　　　　　）。

　《　してはならない　／　にならない　／　でならない　》

9) 北海道の子なら、毎年冬はスキーに行く（　　　　　）だろう。

　《　に決まっている　／　に決めている　／　に決まった　》

10) 彼女とは去年の夏に会った（　　　　　）、連絡を取っていない。

　《　とたん　／　まま　／　きり　》

3. 最もよい文になるように、文の後半部分を A から J の中から一つ選んでください。

1) 1人でできると言ったものの、（　　　　　）。

2) さすが何度も旅行に行っているだけあって、（　　　　　）。

3) ケータイにしろパソコンにしろ、（　　　　　）。

4) 先生は学校では厳しい反面、（　　　　　）。

5) 明日は区役所やら郵便局やら、（　　　　　）。

6) 明日までに仕上げなければならないとなると、（　　　　　）。

7) 子どもの作ったケーキは見た目はともかく、（　　　　　）。

8) 彼女は目つきが悪くて、（　　　　　）。

9) この地域では電気代は、（　　　　　）。

10) いろいろ考えたあげく、（　　　　　）。

A：いろいろなところに用事がある　　　　B：はじめの案を採用することになった

C：使いすぎるのは目によくない　　　　　D：実はできるかどうかわからない

E：時間帯に応じて変わる　　　　　　　　F：1人では無理そうだ

G：味は格別だ　　　　　　　　　　　　　H：皆に近寄りがたいと言われるそうだ

I：日本のことは日本人以上に知っている　J：自分の子にはとても甘いそうだ

✏ ふくしゅう　復習

4. 次の文章を読んで、文章全体の内容を考えて、 1 から 4 の中に入る最もよい ものを、①から④から一つ選んでください。

　　日本人の中には、英語が苦手だという人が多い。私が子どもの頃は、誰もが 中学校に入学してから英語の勉強を始めた。アルファベット 1 、簡単な挨拶、 文法も勉強した。しかし、中学生といえば、ちょうど思春期に差し掛かった頃だ。 私も日本語とは違った英語の発音をするのが恥ずかし 2 。

　　「まなぶはまねぶ」というのを聞いたことがあるだろうか。漢字で書くと「学ぶ は学ぶ」だ。「まなぶ」とは勉強すること、知識や技能を修得することだ。そして「ま ねぶ」とは誰かの真似をすることだ。つまり、知識や技術を習得するために、まず は誰かの真似をすることが必要だと言いたいのだ。私はこの言葉を高校時代の 恩師に教わった。英語や外国の生活に興味はある 3 、なかなか成績が伸び ない私に彼はこう言ったのだった。

　　この言葉を聞いて以来、恥ずかしさを忘れ、英語圏の人が話すのを真似て何 度も英語を練習してきた。そうして努力 4 、今は少し英語に自信が持てるよ うになった。来月からカナダへ1年留学する。留学先でもこの言葉を忘れずにい ようと思う。

| 1 | ① をはじめ | ② にしろ | ③ にしても | ④ につき |

 2 　① くてならなかった　　　　② くならなかった
　　　③ くてはいられなかった　　④ くていられなかった

 3 　① としても　② だけあって　③ ものの　④ からといって
 4 　① したって　② しただだけ　③ したあげく　④ したからこそ

5.《聴解問題》まず話を聞いてください。それから質問と選択肢を聞いて、1から4の中
　　から最もよいものを一つ選んでください。

　　1）（　　　　）
　　2）（　　　　）

　　＊聴解問題音檔 QR Code 請参閲 P.11

一緒に頑張りましょう！

翻譯索引 & 解答

- ちゅうごくごやく　　中文翻譯
- たんごさくいん　　　單字索引
- ぶんけいさくいん　　文法索引
- 答え　　　　　　　　解答
- 復習答え　　　　　　複習解答

第一課　日本人與櫻花

什麼會讓人感覺春天來了？每個國家都不盡相同。在日本應該有不少人會回答櫻花盛開。對日本人而言，櫻花的地位無可取代。

春天腳步一近，日本的電視台就會把櫻花盛開當成喜訊來報導。做氣象預報時，如果天氣陰雨綿綿，主播便會語帶遺憾地表示目前不宜賞花。每天人們打完招呼後也會問：「你去賞花了嗎？」

即使是春天，在開花期間仍寒意不減。不過人們依舊會穿著厚重衣物，帶著便當和酒到櫻花樹下賞花。日本櫻花樹很多，說是大公園必有的樹種也不為過。賞花民眾為了搶位子，無不使出渾身解數。在某些公司裡，為賞花佔位甚至是新人的第一個任務。

說到日本文化，就不能不提到櫻花。據說早在千年以前，就有賞花的習慣，但直到平安時代才蔚為流行。櫻花也是在這時期成為代表日本的花。人們開始以人工栽種櫻花，貴族會邊賞櫻邊吟詠和歌。話說回來，為何地位崇高、生活優渥的貴族會如此喜愛櫻花呢？

小野小町是代表平安時代的女歌人，以其過人美貌聞名。她見櫻花凋零失色，不禁將之與自己老去的年華重疊而吟詠了一首和歌。這只是我的猜測──她或許透過櫻花感受到春天之美，但另一方面，看著自己年華老去這份痛苦被硬生生擺在眼前。

看到櫻花盛開時，我會感到無比欣喜，而當櫻花凋零時，即使程度不及小野小町，我也會覺得寂寥。我深愛的曾祖母已年近九十一，這陣子不斷進出醫院，祖母說她一刻都不能放心。前些日子去探病，曾祖母瞇著眼說：「沒想到今年還能看到櫻花。」接著看向面露不安的我，笑笑地說：「沒什麼好擔心的。」

我喜歡九重這個品種的櫻花。這種櫻花的花瓣多達數十枚，帶著迷人的淡紅色。若曾祖母的年歲是花瓣，或許很快就會凋零殆盡。不過，我會一直記得那份美好的。

第二課　日本的漫畫

在日本的電影和連續劇裡，經常出現電車內的場景。你曾看過在這樣的日常景象中看漫畫的人嗎？從前漫畫主要受兒童歡迎，現在則不分老幼都樂在其中。很大一部分原因，應該是漫畫常被改編成電影或連續劇吧。聽說作者在舉辦簽名會時，平常沒看漫畫的人也會蜂擁而至。最近看漫畫的形式一直在改變，用手機和平板看漫畫的人也變多了。

為什麼日本的漫畫會受到歡迎呢？原因可能在於涵蓋的類型非常廣泛。除了奇幻外，戀愛、歷史、料理、校園等分類也一應俱全。故事內容豐富不說，細緻美麗的畫，貼近現實的角色形象及心理描寫等等，也都能引發讀者的共鳴。有許多人深受漫畫中的名言所激勵，比如著名運動漫畫「灌籃高手」的經典台詞「要是放棄的話，比賽就等於結束了」就是很好的例子。也有很多人雖然沒看過漫畫，卻知道這些名言。

說到漫畫，你知道手塚治蟲嗎？他被稱為漫畫之神，是讓漫畫成為日本文化代表之一的先驅，其代表作眾多，有日本第一部電視動畫「原子小金剛」，醫學漫畫先驅「怪醫黑傑克」等等。他在六十年生涯中，共發表過六百部以上的作品，有的是老少咸宜，有的是成人取向，是一位始終都在第一線活躍的漫畫家。「哆啦A夢」的作者藤子不二雄也是受他影響的其中一人。我想起我家附近的圖書館裡有漫畫區，裡頭擺滿手塚的作品。我要念書準備考試卻念不下去時，就會忍不住看起漫畫。每當感到沮喪時，只要看漫畫心情就會變得輕鬆。

我喜歡漫畫。雖然現在已長大成人，卻沒有放下漫畫，反而因為收入尚可，手頭比兒時更寬裕，結果新書買個不停。不過這絕不是浪費，等我有朝一日結婚生子，無論是男孩是女孩，都希望能全家人一起看漫畫，一起歡笑。

第三課　和服的力量

在現今的日本，很少在路上看到有人穿和服。這可能是因為和服價格昂貴，穿著又耗時的緣故。另外，穿和服時爬樓梯不方便，弄髒了也不好洗。

不過，人生中總有幾次機會穿到和服。人生中第一次穿和服，大概是在七五三的時候吧。所謂的七五三，是慶祝孩子平安成長的家庭活動。男生在五歲時，女生在三歲和七歲時，會穿著和服到神社參拜，然後全家一起吃飯。

接下來，應該會有很多女性在成人式穿和服。男性大部分是穿西裝，女性一般則是穿名為「振袖」的長袖和服。為了這一天要穿和服，有人用買的，有人用租的，但無論以何種方式皆所費不貲。由於租賃和服很快就會被預訂一空，據說也有人甚至會提早兩年以上預約。如果成人式快到前才開始找租賃和服，很難找到價格合理又喜歡的款式。

振袖是未婚女性的正式服裝，所以就算特地買了，結婚後照樣不能穿。雖然有人會把袖子剪掉，重新修改成可以穿去宴會，名為「訪問著」的和服，但最常見的做法還是轉讓給女兒。既然都買了喜歡的款式，當然希望能保持原狀。順便一提，我參加成人式時，穿的是母親繼承自外婆的振袖。我試著把當時的照片跟外婆與母親的照片擺在一起，三個人臉上略顯僵硬的笑容，簡直是如出一轍。

前些日子，我跟朋友去京都玩了一趟。我們首先去以觀光客為主的和服體驗商店。選好自己喜歡的和服，請店家打理完髮型後，我們就直接在京都觀光，結果不但去博物館和美術館有優惠，去餐廳和旅館用餐有折價，連去禮品店也收到小禮物。沒想到穿和服竟有這麼多特別禮遇，真讓我們大吃一驚，而且在京都到處都有觀光客，有許多外國遊客還找我們一起拍照。

和服跟穿著者的回憶一起被下個世代所承繼，還能吸引每個觀看者的目光。即使到了將來，和服一定也會跨越時代與國境，成為人與人之間的橋梁。

第四課　富士山：日本人的精神支柱

說到日本就不能不提到富士山。富士山標高3,776.12公尺，是日本第一高峰，其優美的山形聞名海外，成為日本的象徵。每年從七月開始有兩個月能攀登此山，這時期剛好跟學生的暑假重疊，據說假日人潮特別擁擠。即使在夏天，山頂氣溫也只有4～6度左右。如果怕冷想快點爬完，很快就會因為空氣稀薄而感到疲勞。不過聽說只要看到名為「御來光」的山頂日出，就會非常感動，覺得辛苦攻頂很值得。

2013年7月，富士山成為世界遺產的新聞一時蔚為話題。原以為既然是山，應該列入自然遺產，沒想到竟然是文化遺產。富士山從很久以前就是人們的信仰對象，也是藝術創作的主題。大約1200年前，就出現以富士山為題材的和歌，在日本最古老的歌集「萬葉集」中也有收錄。到了江戶時代，登富士山也受到平民喜愛，時常被浮世繪畫家葛飾北齋等人畫進作品裡。那些浮世繪出口到國外，對梵谷、雷諾瓦等代表印象派的西洋畫家影響很大。一想到日本藝術的泉源富士山，也深受外國人喜愛，就覺得很驕傲。對日本人而言，沒有比這個更令人開心的事了。

另外，你知道在日本各地有所謂的「在地富士」嗎？那是指冠上「～富士」之名的山，有北海道的蝦夷富士、香川縣的讚岐富士等，數量還真不少。有的跟富士山一樣山腳景色優美，有的則完全不像，不過無論是哪一種，都代表當地人對這座山的孺慕之情。

其實在國外也有當地富士。自1868年開始，有許多人出國工作後就一去不返。那些人現在成了移民，基於對日本的思念之情而為山命名。日本人即使身在異國，只要替山取名為「～富士」，就能對那塊土地產生親切感。當然那只是自作主張的稱呼，並非正式名稱，但令人驚訝的是，全世界名為「～富士」的山據說超過400座。畢竟是日本人，不管去了哪裡，只要看到像富士山的山，都會這麼命名吧。

富士山是日本人的精神支柱，一直以來守護日本人。儘管工作一直很忙碌，今年夏天還是來挑戰攀登富士山吧。

ちゅうごくじゃく　中文翻譯

第五課　書包

　　所謂的書包，就是日本小學生背著上學的背包。書包的特色之一，就是有很多精心的設計，像是把束口袋掛在側面，還有用來放功課表的夾層等等。近年來，有外國名人把書包當成一種時尚配件，讓書包逐漸成為受歡迎的日本伴手禮。日本的祖父母要慶祝孫子孫女上小學時，都固定會送書包當禮物。

　　我試著調查了關於書包的歷史，發現在明治20年，當時還是皇太子的大正天皇要上小學，第一任內閣總理伊藤博文想送上學用的物品當入學賀禮，於是特別訂製了一個皮革背包，結果書包就此誕生。換句話說，世界上第一個用書包的人，就是大正天皇。

　　隨著時代演進，書包也產生重大的變化。以前男孩固定用黑色，女孩則用紅色，不過最近聽說粉紅色、薰衣草色、棕色和深藍很受歡迎。在樣式上也陸續出現新的設計，像是黑底鑲藍邊，搭配漂亮的刺繡等等。前些日子，我經過百貨公司的書包區時，看到很多色彩繽紛的書包，拿起來還挺重的。聽說廠商是以小學要用六年為前提製作書包，所以如果用的都是真皮的話，重量大概有一公斤以上。

　　書包會隨著時間過去而逐漸磨損。用到快畢業時，不少書包已經變得傷痕累累。有店家會幫忙把畢業後用不到的書包改成迷你書包，連傷痕也會原封不動地轉移過去，因為那些傷痕其實都代表了回憶，等完成後，這個世上獨一無二的迷你書包，一定會成為主人的寶物吧。

　　我的姪子明年春天就要上小學了。雖然距離春天還有半年以上，我的父母已經幹勁十足地嚷著要幫第一個孫子買書包了。買書包時，最重要的是看我姪子是否喜歡。聽說受歡迎的款式價格約落在三～五萬日圓之間，即使價格不菲，應該沒有爺爺奶奶會忍心拒絕寶貝孫子的請求吧。我都能想像，明明平常很小氣，卻心甘情願掏出荷包的樣子，還真是一對疼孫子的傻爺爺傻奶奶呢。

　　大部分的書包都附帶六年保證，而且書包每一年還會推出全新的款式和功能。新書包裡頭什麼也沒裝，但是其實滿載了爺爺奶奶和許多人的心意。

第六課　B級美食與大阪

　　觀光客來日本的樂趣有千百種，其中應該有不少外國訪客對日本的飲食充滿期待吧？不過，普通的壽司（非迴轉壽司）和壽喜燒雖然美味，價格卻很貴，不可能每餐都吃，因此四處品嘗便宜好吃的平民料理「B級美食」，開始蔚為風潮。大阪的章魚燒和什錦燒就屬於此類。

　　日本國內的B級美食種類繁多，在各地扮演「區域活化」的角色。像蛋比例比章魚燒高，拿來沾高湯吃的「明石燒」，有別於關西風的什錦燒，以麵糊蓋住材料烘煎，還加進油麵的「廣島風什錦燒」等，都很有代表性。雖然乍看跟大阪的什錦燒一樣，但只要吃過就知道完全不同，有機會請務必一試。

　　那麼，既然大阪號稱B級美食之都，B級美食又為何會在大阪如此興盛呢？這大概要歸因於大阪的堺港在十六世紀稱霸東洋時，所帶來的巨大影響吧。大量食材與技術從國內外匯集此地，使大阪成為繁榮的商業都市。另外，大阪製造刀劍鐵炮的產業興盛，名氣十分響亮，連企圖統一天下的織田信長都為之關注。到了江戶時代，堺市發展為全國性的食材集散中心，搏得「天下廚房」的稱號。受信長賞識的打鐵技術也隨時代演進，從製造武器轉為打造菜刀。時至今日，因堺市的菜刀鋒利，所以在日本的專業廚師中，有百分之八十以上的人都愛用，這件事眾所皆知。大阪是屬於商人和工匠的都市，正因為他們都愛吃便宜又快速的食物，才會奠定現在B級美食的基礎。

　　除此之外，大阪人的個性可能也是原因之一。從歷史的角度來看，大阪充斥各種食材，生意競爭十分激烈。大阪人喜歡新事物不說，也喜歡到處品嘗各式各樣的美食，因此就算是歷史尚淺的B級美食，他們也都勇於嘗試。不過，只要哪裡不滿意，他們便立刻走人。雖說有點喜新厭舊，但從好的方面想也可以說他們有接受一切事物的胸懷。而且很多人都有話直說，東西不是吃完就好，該抱怨的還是會抱怨，或許這也是讓味道進步的推手之一吧。

　　人們對B級美食充滿熱情，開發出來的商品也越來越多，就算不在大阪，要存活下來也不容易。一邊吃遍全國一邊關注這波競爭趨勢，不也是種很有意義的旅行方式嗎？

第七課　鞠躬

　　日本人只要一有機會就會鞠躬。除了打招呼外，在道謝、道歉、表達敬意等場面上，鞠躬都是日本人生活中不可欠缺的禮儀之一。而且日本人對鞠躬這件事很敏感，像網友就曾對總理的鞠躬方式發表各種看法。

　　你或許會認為鞠躬很簡單，但要是誰都能輕易做好的話，工讀生接受職前訓練時也不必學鞠躬了。就是因為鞠躬很基本，看似人人都會，在從事商業行為時，鞠躬的姿勢必須做到完美，才能符合大眾的要求。

　　首先，我們來認識鞠躬的基本做法：

1. 打招呼要在鞠躬前完成。但如果是像「對於這次的事我深感抱歉」之類，用來表達深切歉意的話語，大部分都是一邊鞠躬一邊說。
2. 要挺直背脊立正站好，男性雙腳不要張太開，女性則需雙腳併攏。
3. 男性把雙手貼在大腿兩側，女性則左手在上雙手交疊，貼在下腹的位置，接著挺直背脊並彎腰。要留意不要搖搖晃晃，也得注意別立刻抬起頭。
4. 最後慢慢把腰挺直。

　　在鞠躬開始和結束時，都要看著對方的眼睛。

　　此外，並非所有場合都能用同一種鞠躬方式。經常用到的鞠躬方式有三種：

1. 會釋

　　立正站好，上半身往前傾斜十五度。使用時機和對象不限，像打招呼說「你好」時，在路上擦身而過時，或對位在遠處的人都能用。

2. 敬禮

　　上半身往前傾斜三十度。說「歡迎光臨」、「非常感謝」時，需以此對客人或地位輩分較高的人表達尊敬。要進房間接受面試時，也要這樣行禮。除此之外，在新春拜年等特殊節慶活動上也會使用。

3. 最敬禮

　　上半身往前傾斜四十五度。用來表達深切的感謝或歉意。

　　鞠躬的姿勢如果漂亮，會給人誠懇的感覺，尤其外國人來做更有效果。這樣在升學求職的面試中，就能給面試官好印象。雖然不擅長鞠躬的日本人也很多，不過如果鞠躬做得好，大家還是看得出來。

　　那麼，鞠躬不夠漂亮的情況，到底是什麼地方不行呢？重點在於脊樑的彎曲。我的建議是，在身體的旁邊擺大的穿衣鏡，然後一邊確認彎腰的角度一邊練習。練習得好的話，鞠躬姿勢會變得很端正漂亮，讓人眼睛為之一亮。

　　所以，如果預定要來日本工作，不妨事前先練習一下鞠躬。

第八課　招財貓

　　你看過「招財貓」嗎？在日本的餐館或公司大廳常會擺放這種貓咪擺飾，揮舉著前腳像在招呼客人一樣。從江戶時代開始，凡是有客人上門的店都會放這種擺飾，祈求「生意興盛」。

　　招財貓一般都是舉右前腳。不過我也看過舉左前腳或兩隻都舉的類型，猜想應該都象徵不同的意義，就查了一下。

　　【舉起「右前腳」的招財貓】代表是公貓，會招來財運和好運。

　　【舉起「左前腳」的招財貓】代表是母貓，會招來客人。

　　【舉起「兩隻前腳」的招財貓】同時象徵左右前腳的意義。

　　這些不是傳統的招財貓，而是最近才出現的，只是送禮時要注意，舉起雙腳看起來雖然像在喊「萬歲」，但過於貪心的話，也有可能被認為是「舉手投降」的意思，所以也有人討厭。

　　此外，招財貓的前腳長度和顏色也有涵義。前腳高舉過耳，是為了要從更遠的地方招來財運和客人。至於顏色方面，據說金色代表財運上升，藍色代表交通安全和學業進步，粉紅色代表戀愛運上升，黑色則有趨吉避凶的效果。並不是為了提升運勢就可以任意改造招財貓的設計，不過招財貓一路演變至此，無非就是要更符合人們的喜好。

　　招財貓的由來有許多說法，最有名的是豪德寺說。在江戶時代，這間佛寺非常窮困，連維持基本開銷的資金也沒有，令和尚們傷透腦筋。某一天，寺內養的貓在門前向經過的官人招手，要對方過來。那位官人一進寺內，就下起了雷雨。這

ちゅうごくじやく　中文翻譯

位官人認為是貓讓他免於被淋濕，非常高興，後來就捐了很多錢，讓豪德寺得以重返榮景。這些和尚於是懷著對貓的感謝之情，在寺內蓋了招貓堂。這間佛寺不負招財貓發祥地之盛名，到現在仍可在寺內看到滿滿的招財貓，成為一處觀光景點。

岡山縣有座招財貓美術館，其招財貓數量之多，令人嘆為觀止。那裡的展品樣式五花八門，總數高達七百個。去那裡約會時，我徹底被其規模所震撼，連挽男友手臂的心情都沒了。

我的外國朋友每次來日本時，都會問我回國的伴手禮要送什麼，讓我總是很煩惱。不過只要想不到好點子，我就會推薦對方買小招財貓。你不妨也試著找找適合自己的招財貓吧。

第九課　親手做便當

「做便當」在日本可說是每天必做的家事之一。在日本，從幼稚園到國中大都有供應午餐。但從高中開始就得每天自行準備午餐，這時便當就登場了，大多數家庭都是由母親負責做便當。

即使上幼稚園和小學，參加遠足等校外教學活動時也需要便當。在我的年代，每遇上這種特殊的日子，如果帶的不是家裡做的而是店裡買的，除非有不得已的理由，不然大家都會投以異樣的眼光。這也許是因為手工便當被視為親子感情的象徵吧。不過便當裡該放什麼，總讓很多母親感到煩惱。現在雙薪家庭增加，不太可能每天都放純手工的菜色，但另一方面，便當用的冷凍食品說方便的確很方便，不過考量到營養層面，還是比不上手工做的。因此，最近聽說開始流行每星期找一天一次做好，再分成一份一份冷凍起來，這樣就能節省做便當的時間。希望各位也務必試試看。

雖然便當大部分都是放晚餐的剩菜，不過也有人做得很講究。例如角色便當，就是用飯糰做成貓熊，或是用漢堡肉做成熊等，光看外表就賞心悅目的便當。在便當裡放進可愛的角色，是為了減少孩子挑食而下的工夫。不過就算孩子喜歡，要是做得太講究，反而會減少跟孩子相處的時間。角色便當準備起來很辛苦，做一個要花近兩

個小時，而且有的幼稚園還會基於衛生考量，禁止角色便當。

我母親每天都會幫我做便當，連她發高燒時也不例外。雖然我不覺得吃便當很委屈，但我還記得自己曾在寒冬中，羨慕同學能去學生餐廳吃拉麵。我的便當用的是保溫便當盒，能放進熱飯和味增湯，只是到中午難免會稍微變涼。我知道自己有個好母親，但別人的東西看起來就是比較好吃。

不過，我不會再這麼想了，現在我知道每天做便當有多辛苦了。這份感謝之情，我已經在婚宴上透過信來表達。希望今後我能和母親一樣，為丈夫和孩子全心付出。

第十課　如何泡溫泉

說起維持健康不可或缺的事項，我就會想到洗澡。也有很多人把洗澡視為消除壓力的一種方法吧。日本人喜歡泡澡。尤其泡溫泉同時還是一種娛樂，自古以來就廣受男女老幼的喜愛。

日本的溫泉文化如今已不侷限於人類，甚至拓展到動物身上。野生猿猴泡溫泉原本就很有名，最近甚至出現動物園的水豚泡溫泉，給寵物專用的溫泉旅館等現象。

好了，雖然世界上溫泉的泡法有百百種，不過這次我要介紹在日本泡溫泉的注意事項。要確實養成習慣，這樣去日本溫泉旅行時才不會丟臉。

泡溫泉前最重要的事，就是「沖水」。這不只是為了進溫泉池前沖掉身體的污垢，還有讓身體適應水溫的作用。不沖水的話，泡進溫泉後血壓會在兩分鐘內竄升 30 ～ 50 之多。溫泉都有沖水專用的桶子，記得一定要沖。

泡日本的溫泉不能穿泳衣，毛巾也不能浸在池子裡。入池時要從距離出水口最遠，水溫最低的地方下去，出池時要從水溫高的出水口附近上來，這樣就不會讓身體難以適應，可以泡久一點，但還是得視身體狀況而定。有人會想既然難得來一趟，不泡白不泡，結果不小心泡太久，所以要記得泡到額頭流汗的程度就好。

溫泉自古就是日本的社交場所，聊天是無所謂，但千萬別大聲喧嘩打擾別人。再來遺憾的

是，身上有刺青的人原則上不能進溫泉。在日本對刺青沒好感的人很多，如果有人抱怨，就算是外國人也不得不離開，這一點千萬要注意。

以上這些事項就是禮節，但除了溫泉的療效以外，因為心情也能夠變好，所以最好還是要遵守。我的朋友就因為難得來一趟，貪心想泡個夠，結果因為泡太久而在更衣室昏倒。要注意不是泡越久效果就越好。

另外，如果想輕鬆享受溫泉，在溫泉街也有「足湯」可以免費泡。把腳泡在溫泉池中消除疲勞，跟初次見面的人們聊聊故鄉，閒話家常，相信不只身體，連心情也會變輕鬆吧。

第十一課　情人節

日本的情人節，是女性送男性巧克力的日子。包含的心意不同，巧克力的名稱也會跟著改變。例如「真愛巧克力」是送給最心愛的人，有人還因此成為情侶，所以對單戀中的人而言，情人節是非常令人心跳加速的節日。至於「人情巧克力」，則是用來對平時照顧自己的人表達感謝。在日本的公司裡，女職員有時會事先集資，合買巧克力給男職員，這種巧克力也被稱為「義務巧克力」，對收到的人而言感覺很空虛。其他還有女生互送的「朋友巧克力」，用來獎勵自己的「自用巧克力」等等，種類很廣泛。

在一項橫跨各個年齡層的問卷調查結果中，發現約有百分之八十的女性每年都會送巧克力。她們大部分是在是百貨公司及超市從一月中旬開設的「情人節」專區購買巧克力。令人驚訝的是，巧克力一年的消費量中有百分之二十五集中在情人節。這個習慣其實是甜點業者的策略，並非情人節就一定要買巧克力，不過不知為何我每年還是會買。這大概是因為賣場散發的氣味很香，所以感覺好像很好吃，而且看到很可愛的巧克力，會讓人忍不住拿起來吧。另外，巧克力的種類很豐富，最近苦甜巧克力也變多了，適合不吃甜食的人食用。常有人三心兩意無法決定，結果回到家後發現買了好幾個。為了避免這種情形，得先想好要送的對象再買。要送什麼人什麼巧克力，是一門學問。情人節或許是個讓我們重新思考日

常人際關係的好機會。

在女高中生中，有人會熬夜做手工巧克力來送給朋友。另外，如果要親手做真愛巧克力，想做出好吃又可愛的巧克力，就得倚靠廚藝好的朋友了。情人節同時也是讓女生增進同性情誼的節日。還有人會在送巧克力時順便告白，所以在情人節前一天也要做好心理準備。

對男學生而言，這也是喜憂參半的一天，因為有可能被女生告白。如果連人情巧克力都收不到，就不用說有多麼令人難受了，感覺一定很落寞。對男生來說，情人節要等收到巧克力才算開始。

在女性之中，也有人嘴巴上說準備的是「人情巧克力」，其實是真愛巧克力。我念高中時，曾經準備過真愛巧克力，卻在送出前看到其他女生送那男生巧克力。經過一番苦惱後，我選擇在送出時說了謊。對我而言，情人節是略帶苦澀的一頁青春回憶。

第十二課　作客的禮節

想深入了解日本的文化，最好要留意日本的禮節。這些禮節是從歷史與文化中衍生而出，就算日本人嘴上說「不在意」，實際上仍會有覺得不妥的地方。這次要介紹到日本人家裡作客的禮節。

首先，伴手禮帶點心或酒準沒錯。造訪前先問對方喜歡和式還是洋式，就不必傷腦筋了。不用為了討對方歡心而買得太貴或太多。至於數量，以對方家裡的人數再加一兩份就好。

再來，關於登門的時間，在約定的時間或稍晚五分鐘即可。因為對方也要做接待客人的準備，太早到會給人家添麻煩。如果會遲到，一定要事先聯絡。

去別人家打擾時，外套和圍巾等物品要在按電鈴前脫掉。進入玄關後，要視情況打招呼，說些像「好久不見」之類的話。脫鞋時不能邊脫邊轉身把鞋子併攏，而是要正面走上地板，在不以背示人的前提下擺好鞋子，才是有禮貌的表現。

進到客廳後，對方不一定會指定座位，這時就直接坐下座。所謂下座，就是距離出入口最近的

ちゅうごくじやく　中文翻譯

座位。順便一提，上座是距離出入口最遠的座位。在和室裡，除了拉門的軌道和坐墊外，榻榻米的邊緣也不能踩。伴手禮一定要從紙袋中取出，緞帶或貼熨斗紙的部分朝上，面對面遞交給對方，順便加一句「希望合您的口味」會更有禮貌。

最後，如果沒邀你一起用餐，就不宜久留。放在玄關角落的鞋子不宜直接穿，必須先拿到正中央擺好再穿。如果彼此熟識，是不必太講究這些規矩，不過如果是去男女朋友或未婚夫妻家裡，那就另當別論。越遵守禮節，越能博得對方家人的好感。

我第一次去未婚夫家裡作客時，行前想去店裡買伴手禮，卻不巧遇上公休。都已經是成年人了，還忘記要事先確認，讓我懊惱不已。無奈之下改到別的店，結果門上貼著「內部改裝暫停營業」的公告。我一時想不到其他比較好的店，只好拿出手機查，但丟臉的是，用到一半就沒電，害我無法搜尋。我原本想放棄，經過一番掙扎後，向一位剛好路過，氣質高貴的女士詢問，好不容易才買到了伴手禮。這家店的點心沒讓男友的家人失望，他們都很喜歡，這件事也就此告一段落。有了這個經驗後，每次辦要事前，我都會先再三確認那家店的狀況。

遵守禮節時也要懂得臨機應變。就算再怎麼追求完美，也不可能第一次就完全到位。時常記得提醒自己要做個好客人，才是最重要的。

第十三課　鬼

說到「鬼」，許多日本人都會想到膚色或紅或藍，長著尖銳的牙和角，身穿虎皮內褲的高大壯漢。鬼是存在於想像中的可怕怪物，除了在日本的傳統文化裡，也常在「桃太郎」、「一寸法師」等日本民間故事裡登場。它們除了給人「邪惡」、「恐怖」的印象外，也常用在像「工作之鬼（工作狂）」之類的詞彙，成為「強悍」、「超越常人」的代名詞，是個很有意思的字。

日本人最能感受鬼的概念的時候，就是2月3日的節分。節分這天人們會在玄關喊「鬼在外」，然後一邊把福豆（炒過的大豆）從玄關灑到室外，接著喊「福在內」，再朝家裡灑福

豆，最後吃下數量跟年齡一樣的豆子。每到這個時期，超市裡會販賣附帶鬼面具的福豆。這個鬼面具是家人要扮演鬼這個角色時會戴的。在我小時候，都由我父親負責扮鬼，等我長大後，就變成用猜拳來決定，但我不擅長猜拳，常常猜輸。我討厭當鬼，寧願不灑豆也不想扮鬼，就想著該怎麼辦。雖然知道這樣不好，我還是在猜輸後謊稱自己感冒，僥倖逃過一劫。當鬼的人必須在寒冷的室外待命，所以不好勉強我做。然而每次到了就寢時，雖然覺得鬆了一口氣，但伴隨而來的卻是罪惡感與不安。我知道節分灑豆雖能招來幸福，卻沒有壞孩子的份，所以在那之後，有段時間我都很努力地幫忙做家事，用自己的方法贖罪。現在回想起來，還真的很丟臉。

鬼也會成為父母育兒時的夥伴。父母罵孩子時只要說：「你不○○的話，鬼就會來找你喔。」孩子一下就變乖了。並非每個孩子都通用，但是是個有趣的方法。最近有個手機軟體頗受注目，名叫「鬼打來的電話」，會發出「要聽話！」的聲音。不過使用時會嚇到孩子，對教育不好，所以希望大家還是盡量少用，不然要是引起孩子不必要的恐懼就麻煩了。只是當孩子怎麼說都說不聽時，父母們難免會抱著死馬當活馬醫的心情，忍不住使用這個軟體。前些日子，我也半帶好奇地下載來用。我的孩子起先嚇了一大跳，眼睛眨個不停，之後就馬上哈哈大笑起來。也就是說，這對我的孩子沒什麼效果。試了一次後，我就不再放給孩子聽了。

日本的鬼非常獨特，在某些地區甚至會將鬼奉若神明。在兒童取向的書中，也有心地善良的鬼登場。對鬼越了解，在節分灑豆時就越不忍心喊：「鬼在外」。

第十四課　享用日本料理

2013年，日本料理被聯合國教科文組織選為無形文化遺產。

外國朋友邀我一起去吃日本料理，還拿存滿五百日圓硬幣的存錢筒給我看。他聽說要了解真正的日本料理，就要去料亭，於是為此存錢。我沒料到他這麼想去，覺得很驚訝。

朋友要去的不是普通的料亭，而是未經介紹不得隨意進入，宣稱「謝絕生客」的店。這種店不是付錢就可以去吃的。這次是朋友公司的部長以學習的名義，勉強說服對方的。我雖然是日本人，卻沒去過正式的料亭，既然機會難得，就跟著一起去了。

朋友很不放心，跑來問我日本料理的禮節，我就在去之前教她用筷子的禮節。用筷子的禁忌超過三十個，其中最讓日本人覺得失禮的，就是用筷子互傳食物的「合筷」。在日本，這會讓人聯想到死者火葬後撿遺骨的行為，被視為不吉利的象徵。另外像是用筷子刺東西來吃的「刺筷」，以及拿著筷子猶豫要吃什麼的「迷筷」，也必須小心注意。這不僅給人觀感不佳，「刺筷」還會讓人以為你懷疑食物沒有熟透，非常失禮。順便一提，在日本的家庭裡，每個人都有專用的筷子和碗，如果直接用自己的筷子從大盤子夾菜，叫做「直筷」，是違反規矩的。

我們被帶去的料亭一切都很完美，漂亮的庭園、有壁龕的正統和室、朱色的漆器等等，光用看的就很賞心悅目。我的朋友受漫畫的影響，以為高級的日本料理一定會出現鹽烤香魚，結果卻沒有。

「日本料理會依照日子不同改變菜色嗎？」

朋友向老闆娘詢問，得到這樣的答覆。

「您所說的沒錯，因為本店用的都是當季的食材。」

聽說冬天不是香魚的產季。

「這麼說來，有些日本料理不在特定季節是吃不到的吧。」

「其實要整年提供相同的菜色也不是辦不到，不過我們是在守護店內的傳統。」

現在有了溫室栽培和養殖技術，的確整年都能吃到相同的食物，不過當季的食物肯定還是最美味的。老闆娘用得意的語氣告訴我們，春天欣賞櫻花和嫩葉，秋天欣賞楓紅和滿月，像這樣一邊感受季節之美，一邊品嘗當季食材，就是真正享受日本料理的方式，所以料亭才會有日式庭園。

朋友原本很期待吃香魚，難免有些失望，不過對其他料理倒是很滿意。

「喝個茶再聊一下吧。」

她這麼說完，就走進常去的咖啡廳稍作喘息。對現在的我們而言，那家店的等級似乎還是高了點。

第十五課　真心話和表面話

有外國的朋友找我商量事情。朋友的公司一個月向員工收一千日圓，每幾個月就用這筆經費聚餐一次。朋友當初也答應繳費，不過最近越來越覺得這樣很浪費。聽說以前他曾在聚餐途中接到客戶來電，不得不馬上離開店裡，而且偶爾會有事無法出席。遇到這種情況，公司會改買高級點心給他，但不一定都是他愛吃的。朋友在煩惱有沒有什麼方法可以不用繳費。這不是強制參加的，應該可以拒絕，但不管出不出錢，面對周遭的同事時都會覺得尷尬，令他不禁長吁短嘆。應該也有其他公司員工跟我朋友一樣有苦難言吧。即使想拒絕，卻仍得配合周遭的人，言不由衷地說出「很期待喲！」之類的話。

這種狀況不是個案。日本人有所謂的「表面話」，也就是會隱藏自己的心意，刻意說對方可能想聽的話。相對地，真正的心意則是「真心話」。世界上最不會說真心話的，可能就是日本人。這是為了避免說出對方不接受的話、讓對方傷心。這是日本獨特的溝通方式，但這方式連日本人自己都無法完全參透。或許對被說表面話的人而言，表面話就跟撒謊沒兩樣，不過中規中矩的日本人是沒有惡意的。也就是說，不想破壞對方心情的考量倒是真心的。

「不能暢所欲言會累積很多壓力啊。下個月我才不要付呢！」

雖然朋友這麼說，但事情真的會這麼順利嗎？在日本，保持和諧被視為一種美德，所以大家總會受氣氛影響，難以把話說出口。

相較於日本人愛說表面話的習慣，聽說歐美人是習慣一開始就先坦白說出想法，之後再靠溝通找出彼此的妥協點。用這種方法或許能更巧妙地讓事情進展，不過日本人的「真心話和表面話」是一種文化，不會想到什麼就說什麼的個性在創作上很有用。日本的漫畫和卡通之所以受歡迎，或許就是因為「真心話和表面話」這個文化別有一番韻味，能創造出以情感拉鋸為中心的人情戲劇。

話雖如此，不能看出本意還是很麻煩。不過如果能記住常出現的「表面話」，就不用擔心了。聽到「下次再說」或「有機會再通知」，就算對方不再聯絡也不必掛心。而且，言行當不了參考

沒關係，把重點放在行動上準沒錯。另外，如果
對方開始願意跟你交心，代表那個人很信任你。
要縮短內心的距離或許得花上不少時間，不過一
旦跟日本人成為好友，便能一窺日本文化真正的
精髓了。

單字索引
たんごさくいん

編號	單字	漢字	課
91	かんぺき	完璧	7
	き		
92	キー		15
93	きがる	気軽	10
94	ぎこちない		3
95	きじ	生地	6
96	きぞく	貴族	1
97	ぎっしり		14
98	きば	牙	13
99	きふ	寄付	8
100	きまずい	気まずい	15
101	ぎむ	義務	11
102	きゃくま	客間	12
103	キャラクター		9
104	きゅうしょく	給食	9
105	ぎょうかい	業界	11
106	きょうかん	共感	2
107	ぎょうじ	行事	7
108	きょうせい	強制	15
109	ぎり	義理	11
110	きれあじ	切れ味	6
111	きんうん	金運	8
	く		
112	ぐざい	具材	6
113	くばる	配る	11
114	くふうをこらす	工夫を凝らす	5
115	くやむ	悔やむ	12
116	グルメ		6
117	クレーム		6
	け		
118	けいい	敬意	7
119	けいげんする	軽減する	9
120	けいだい	境内	8
121	けいれい	敬礼	7
122	ケチ		5
123	けはい	気配	2
124	けんかい	見解	7
125	けんしゅう	研修	7
126	げんどう	言動	15
	こ		
127	こうい	行為	10
128	こうか	高価	3
129	こうじょう	向上	8
130	こうたいし	皇太子	5
131	ごうとくじ	豪徳寺	8
132	こうにゅうする	購入する	3
133	こうねつ	高熱	9
134	コーナー		2
135	こくはくする	告白する	11
136	こころあたり	心当たり	12
137	こころづもりする	心づもりする	12
138	こころづよい	心強い	15
139	ごとうち	ご当地	4
140	こばむ	拒む	6

編號	單字	漢字	課
141	ごぶさたする	ご無沙汰する	12
142	コマ		2
143	こらい	古来	10
144	ごらいこう	ご来光	4
145	ごらく	娯楽	10
146	こる	凝る	9
147	こわがる	怖がる	13
148	こわけ	小分け	9
149	こんいろ	紺色	5
150	こんやくしゃ	婚約者	12
	さ		
151	さい	際	10
152	さいあい	最愛	11
153	ざいあくかん	罪悪感	13
154	さいこ	最古	4
155	さいこうほう	最高峰	4
156	さいばい	栽培	14
157	さかえる	栄える	6
158	さきがけ	先駆け	2
159	さきだって	先立って	7
160	ささえる	支える	4
161	さそう	誘う	2
162	さぬき	讃岐	4
163	ざぶとん	座布団	12
164	さほう	作法	14
165	さらう		4
166	さんちょう	山頂	4
167	さんぱいする	参拝する	3
	し		
168	シーン		2
169	じか	直	14
170	じかくする	自覚する	9
171	しかける	仕掛ける	11
172	じかんわりひょう	時間割表	5
173	しきい	敷居	12
174	しきん	資金	8
175	ししゃ	死者	14
176	ししゅう	刺繍	5
177	しせい	姿勢	7
178	じぜん	事前	11
179	したてる	仕立てる	3
180	しちごさん	七五三	3
181	しっき	漆器	14
182	しばふ	芝生	9
183	じもと	地元	4
184	しゃこう	社交	10
185	しゅいろ	朱色	14
186	じゅけん	受験	7
187	しゅん	旬	14
188	しょうがい	生涯	2
189	じょうたい	上体	7
190	じょうだん	冗談	8
191	しょうちょう	象徴	4
192	しょうにん	商人	6

たんごさくいん　單字索引

編號	單字	漢字	課
293	どうし	同士	11
294	とうじょうする	登場する	9
295	とうてい	到底	3
296	とおのく	遠のく	2
297	とおりがかり	通りがかり	12
298	とくちゅう	特注	5
299	とくてん	特典	3
300	とげる	遂げる	5
301	とこのま	床の間	14
302	ととのえる	整える	12
303	とのさま	殿様	8
304	ともばたらき	共働き	9
305	とりあえず		6
306	とりとめもない		10
307	とりひきさき	取引先	15
308	とりわけ		10
な			
309	ないかく	内閣	5
310	ながいする	長居する	12
311	ながめる	眺める	1
312	なげく	嘆く	15
313	なさけない	情けない	12
314	なづける	名付ける	4
315	なっとくする	納得する	15
316	なやます	悩ます	9
317	なやみ	悩み	15
318	なりたつ	成り立つ	12
に			
319	にゅうしつする	入室する	7
320	ニュースキャスター		1
321	にゅうよく	入浴	10
ね			
322	ねんぱい	年配	11
の			
323	のしがみ	のし紙	12
324	のぞましい	望ましい	12
は			
325	はげます	励ます	2
326	ばけもの	化け物	13
327	はじ	恥	10
328	はせる	馳せる	4
329	はだざむい	肌寒い	1
330	はたす	果たす	6
331	はっしょう	発祥	8
332	はなびら	花びら	1
333	はやる	流行る	1
334	はりがみ	張り紙	12
335	バレンタイン		11
336	はんじょう	繁盛	8
337	パンダ		9
338	ハンバーグ		9
ひ			
339	ひきつぐ	引き継ぐ	3
340	ひごろ	日頃	11

編號	單字	漢字	課
341	ビター		11
342	ひたい	額	10
343	ひっし	必死	1
344	びとく	美徳	15
345	ひとやく	一役	6
346	ひょうこう	標高	4
347	びれい	美麗	2
348	ひろう	疲労	4
349	ひろうえん	披露宴	9
350	びんかん	敏感	7
351	ひんど	頻度	13
ふ			
352	ファンタジー		2
353	ふうしゅう	風習	11
354	ふかめる	深める	11
355	ふきつ	不吉	14
356	ふける	老ける	1
357	ふじこふじお	藤子不二雄	2
358	ぶしょう	武将	6
359	ふちどり	フチ取り	5
360	ふともも	太もも	7
361	ぶなん	無難	12
362	ふまえる	踏まえる	7
363	ふりそで	振袖	3
へ			
364	へいあんじだい	平安時代	1
365	へり		12
ほ			
366	ほうび	褒美	11
367	ポーズ		8
368	ほこらしげ	誇らしげ	14
369	ほそめる	細める	1
370	ほろにがい	ほろ苦い	11
371	ほんかくてき	本格的	14
372	ほんがわ	本革	5
373	ほんね	本音	15
374	ほんめい	本命	11
ま			
375	まく	撒く	13
376	まちおこし	町おこし	6
377	まぢか	間近	3
378	まとめる		11
379	マナー		7
380	まねく	招く	8
381	まばたき		13
382	マフラー		12
383	まよけ	魔除け	8
384	まんかい	満開	1
385	まんようしゅう	万葉集	4
み			
386	みかける	見かける	2
387	みかた	味方	13
388	みごと	見事	5
389	みこん	未婚	3

たんごさくいん　單字索引

ぶんけいさくいん

ぶんけいさくいん　文法索引

ぶんけいさくいん　文法索引

解答

答え

01 だいいっか

日本人と桜

1. ② 雖說有留學過，但也只有三個星期而已。
2. ③ 就算說是透過動漫學會日文的也不誇張。
3. ① 作業多到跟山一樣。
4. ① 開口說是學習外語過程中相當重要。
5. ③ 遇到很多好朋友，過了充實的大學生活。
6. ① 出道後能維持 10 年都暢銷的歌手並不多。
7. ③ 哥哥的個性認真，另一方面弟弟遊手好閒。
8. ② 沒有任何一張床比這張睡起來還舒適。
9. ① 從沒想過竟然會被小偷闖空門。
10. ② 如果想要休息的話，就不要勉強自己喔！

聴解内容

1) A：こんなに遅くまで待っててくれたんだ！
　　B：① じゃ、先に行ってたよ。
　　　　② もう待たなくてもいいよ。
　　　　③ いいから、早く行こう。
2) A：見て、このケーキ、ほんとにおいしそうよ。こ
　　　こでお茶してかない？
　　B：① じゃ、コーヒーを入れてくるね。
　　　　② へえ、誰に聞いたの？
　　　　③ でも、結構待たなきゃいけないと思うよ。
3) A：ねえ、ちょっとあの子、手伝ってやってよ。
　　B：① すみません、これが終わったらすぐ行きま
　　　　　すね。
　　　　② すみません、いつもあの子に手伝ってもら
　　　　　ってばっかりで。
　　　　③ はい、手伝うように言っておきますね。

中国語訳

1) A：竟然讓你等我這麼久！
　　B：① 那我已經先去了。
　　　　② 不用再等了啦。
　　　　③ 隨便啦，快出發吧。
2) A：你看，這個蛋糕看起來很好吃耶，要不要
　　　在這喝個茶再走？
　　B：① 那我去泡個咖啡吧。

---

　　　　② 咦，你聽誰說的呀？
　　　　③ 不過我覺得要等很久耶。
3) A：喂，你去幫幫那個孩子嘛。
　　B：① 不好意思，等我這邊忙完會立刻過去幫
　　　　　忙。
　　　　② 不好意思，平常都是麻煩那個孩子幫
　　　　　我。
　　　　③ 好的，我先去交待他要過來幫忙。
答え　1) ③　　2) ③　　3) ①

02 だいにか

日本の漫画

1. ② 這位 Youtuber 在以大學生為中心的族群
　　中相當有人氣。
2. ① 新聞每天都在報導藝人婚外情的消息。
3. ③ 能用智慧型手機支付的店家越來越多。
4. ① （光顧）這間店的不用說當地人了，觀光
　　客也很多。
5. ③ 正在開發適合乾燥肌膚的化妝水。
6. ② 跟預想的一樣，這部電影真的非常有趣。
7. ③ 天色逐漸地亮了起來。
8. ① 運動過頭非但對身體無益，反而有受傷的
　　風險。
9. ③ 這間燒肉店吃撐了肚子也頂多 3000 日圓。
10. ① 由於飲酒過量，發生了丟掉錢包的憾事。

聴解内容

1) A：今度、もしお時間がよろしければ…
　　B：① 10 時まで寝ました。
　　　　② あと1時間ぐらいですね。
　　　　③ ええ、ぜひ行きましょう。
2) A：あ！今日中にやらなきゃいけなかったんだ！
　　B：① うん、行けなかったよ。
　　　　② やらなかったんだあ。
　　　　③ 時間はまだあるよ。
3) A：遠慮しないで、たっぷり食べてね。
　　B：① ありがとう。じゃ、半分残しておくよ。
　　　　② ありがとう。じゃ、ちょっとだけにするよ。
　　　　③ ありがとう。じゃ、今日はたくさんもらおう
　　　　　かな。

中国語訳

1) A：下次如果時間允許的話…
   B：① 我睡到 10 點了。
   　 ② 還剩一個小時左右耶。
   　 ③ 嗯，務必要一起去哦。
2) A：啊！原來是要在今天內完成！
   B：① 嗯，沒辦法去。
   　 ② 原來是沒做啊。
   　 ③ 還有時間哦。
3) A：別客氣，盡量吃呀。
   B：① 謝謝。那麼我留一半下來哦。
   　 ② 謝謝。那我吃一些些哦。
   　 ③ 謝謝。那今天我就拿多一點吧。

答え　1）③　2）③　3）③

03 だいさんか

着物の力

1. ① 根據新聞報導，據說 20 年後只要數十萬元就可以去宇宙旅行。
2. ② 因為這個吹風機不傷髮質，我非常喜歡。
3. ③ 就算再怎麼趕也來不及。
4. ① 好不容易登上山頂，卻因起霧什麼都沒看到。
5. ③ 因為是小雨，所以用不著撐傘。
6. ① 台北有 101，還有很多觀光地。
7. ③ 跟著時代的變遷，流行也會改變。
8. ① 打掃倉庫之後，全身都是灰塵。
9. ② 寶貝的鞋子被抓壞了，這一定是貓做的好事。
10. ① 正因為沒有輕言放棄努力到現在，所以才能成功。

聴解内容

1) A：すみません、お酒は弱くて。
   B：① じゃ、お茶もありますからどうぞ。
   　 ② じゃ、もっと飲みましょう。
   　 ③ じゃ、もう少し後でどうぞ。
2) A：そんなこと、あなたが直接行くまでもないわよ。
   B：① うん、行ってくるよ。
   　 ② そうだね。電話でいいかな。

---

   　 ③ じゃあまたね。
3) A：あちらに違いないと思うんですが。
   B：① ええ、こちらと違いがありますよ。
   　 ② ええ、間違いはありませんでしたよ。
   　 ③ そうだね。ちょっと聞いてみようか。

中国語訳

1) A：不好意思，我不太能喝酒。
   B：① 那這裡也有茶，請用。
   　 ② 那就多喝點吧。
   　 ③ 那就停一會兒再喝吧。
2) A：那種小事根本不需要你本人去處理呀。
   B：① 嗯，我去去就回哦。
   　 ② 也是啦，那打個電話就可以了吧。
   　 ③ 那就再見啦。
3) A：我記得的確是那邊。
   B：① 嗯，跟這邊有差別。
   　 ② 嗯，的確沒出錯。
   　 ③ 是呀。去問一下看看吧。

答え　1）①　2）②　3）③

04 だいよんか

日本人を支える富士山

1. ③ 面試最重要的就是老實回答問題。
2. ③ 因為有重要的約定，所以不可以遲到。
3. ① 錢都花光了，無法買任何東西。
4. ② 想說終於交到女朋友了，結果 3 天就被甩了。
5. ③ 颱風來了，本想說學校一定會停課，沒想到沒有。
6. ② 搭電車大聲地講電話是很沒有常識的行為。
7. ③ 因為他總是遲到，所以今天也會晚到吧！
8. ② 媽媽的兄弟姊妹竟然有 11 個人這麼多。
9. ③ 受到如電流通過身體般的衝擊。
10. ① 自己做錯事還是早點道歉比較好，時間一久就會更難以開口。

聴解内容

　医者が地域の健康講座で話しています。肩こりに悩んでいる人はどうしますか。

それでは、前回の健康チェックの結果をご覧ください。そちらを見ていただきながら、これからの生活についていくつかアドバイスをしていきましょう。

まず西山さんや山口さん、田中さんは、よく手足が冷たくなるとお答えでしたね。そのような場合は資料1の3つ目の運動を1日3回してみてください。資料に書かれているように、椅子に座ってその絵の通りに手足を軽く動かすだけです。簡単な運動ですよ。冷えに効く食べ物は資料2の一番上にありますから、そちらも参考にしてください。

次に、疲れやすいとお答えの方もたくさんいらっしゃいました。そのような場合は、何よりもまず、夜しっかりと休息をとることです。夜遅くまでお仕事をされている方もいらっしゃいますが、夜はなるべく早く寝るようにしてください。睡眠時間は同じでも、12時に寝て8時に起きるより、10時に寝て6時に起きた方がいいですよ。また、寝る前のテレビやケータイ、パソコンは控えましょう。疲れやすいときに食べるとよいものは資料3に書いておきましたので、見てみてください。

また、腰痛や肩こりにお悩みの方、例えば酒井さん、ちょっとこの鏡の前に普段の姿勢で立ってみてください。皆さんも近くの人と一緒に姿勢チェックをしてみましょう。どうですか、正しい姿勢について資料4に書いておきましたので、日々心がけるようにしてくださいね。今やったように、鏡を見たり家族にチェックしてもらったりしてください。また、先ほど紹介した運動も効果がありますから、やってみてください。

1) 肩こりに悩んでいる人はどうしますか。
   ① 鏡で自分の姿勢を見る
   ② 資料に書いてある食べ物を食べる
   ③ よく休む
   ④ 資料4に書いてある運動をする

中国語訳

有醫生在地方的健康座談上談話。有肩膀酸痛煩惱的人應該怎麼辦呢？

那麼請大家看看上次健康檢查的結果。請大家邊看報告，我一邊做一些生活上的建議。

首先是西山、山口和田中，你們回答說經常會手腳冰冷對吧？有這種狀的話請按照資料1裡的第3項運動一天做三次。如資料上所寫的，只要坐在椅子上，如同圖示一樣輕鬆地動動手腳。是

非常簡單的運動。能夠減緩手腳冰冷的食物都在資料2的最上方，也請大家參考一下。

其次，回答容易感覺倦怠的人也很多。如果是這種狀況，最關鍵的是晚上要得到充分的休息。雖然有人需要工作到很晚，但晚上還是請盡可能地早點就寢。即使是相同的睡眠時數，10點睡到6點會比12點睡到8點要來得好。然後要盡量避免在睡前看電視、滑手機跟使用電腦。容易倦怠的時候適合吃的食物都寫在資料3裡面，請大家看一看。

另外，有腰痛跟肩膀酸痛煩惱的人，例如酒井，請你試著在這個鏡子前，用平常的站勢站看看。大家也可以跟附近的人一起確認一下站姿。大家感覺如何呢？正確站姿的相關資訊寫在資料4裡，請大家平日就要多留意哦。可以像我們現在這樣，照照鏡子或請家人幫忙確認看看自己的站姿正不正確。然後我們剛剛介紹的運動也是有療效的，請大家可以試做看看。

1) 有肩膀酸痛煩惱的人該怎麼做呢？
   ① 照鏡子看自己的站姿
   ② 吃資料上記載的食物
   ③ 好好休息
   ④ 做資料4上寫的運動
答え　①

05 だいごか

ランドセル

1. ① 用網路找關於留學的資料。
2. ③ 終於見到國小的恩師。
3. ② 越是接近山頂，空氣就越稀薄。
4. ② 商店沿著大馬路林立。
5. ① iPad 就連 2 歲孩童都會使用。
6. ① 像是檸檬、百香果這一類酸的東西我還蠻喜歡的。
7. ① 租房子時，確認牆壁的厚度很重要。
8. ③ 飛機的座位說起來還是喜歡靠走道的位子。
9. ② 算命這種東西我才不信。
10. ② 手機支付的商業模式日漸增加。

聴解内容

男の人と女の人が話しています。2人はこの後すぐ何をしますか。

男：悪いけど、午後の本社での打ち合わせ、一緒に来てくれないかな。

女：えーっと、私、今日中に提出しなければならないレポートがあって、今必要な資料を整理しているんですが、昼までに終わるかわからなくて…。山本部長にお願いされたレポートなんですけど。

男：そうか。

女：午後の打ち合わせ、何かあるんですか。

男：この4月に発表する新製品のことなんだけど、君があんなに工夫を凝らしてやってくれたんだから、ぜひ君に説明してもらいたくてね。僕1人でもいいんだけど、時間があったら、と思って。

女：そうでしたか。それならぜひご一緒したいんですが…。

男：打ち合わせ、3時からだから、2時15分に出れば間に合うか。できそう？

女：まだちょっと…何ともいえませんね。

男：じゃ、それ、今時間があるから、僕も一緒にやるよ。それで間に合ったら2人で行こう。間に合わなかったら、残念だけど。

女：そんな、いいですよ。

男：いや、大丈夫、大丈夫。まずは何をすればいい？

1）2人はこの後すぐ何をしますか。
① 女の人は打ち合わせで新製品について説明する
② 男の人は1人で打ち合わせに行く
③ 女の人は1人で山本部長にお願いされたレポートを書く
④ 2人でレポートに必要な資料を整理する

中国語訳

一對男女正在談話。他們接下來立刻要做什麼呢？

男：不好意思，妳方便一起出席下午在總公司的小會議嗎？

女：這個嘛，我有一個必須在今天內提交的報告，然後我正在整理相關資料，所以不確定能否在中午前完成…。那是山本部長要我做的報告。

男：這樣呀。

女：下午的小會議，是有什麼特別的事嗎？

男：是關於這個4月要發表的新產品的會議。妳花了那麼多心思在上面，所以才會特別想請妳來做說明。當然我自己也是可以搞定，只是在想如果妳有時間的話…

女：原來如此。那樣的話我必須要一起去才是…。

男：小會議3點才開始，2點15分出發應該來得及。妳可以嗎？

女：這個嘛…很難說耶…

男：不然趁現在還有時間，我也一起弄吧。如果來得及的話就兩個人一起去吧。來不及的話蠻可惜的就是…

女：沒關係。

男：可以啦，可以啦。那我要先做什麼好呢？

1）他們接下來立刻要做什麼呢？
① 女生要在小會議上說明新產品的相關資訊
② 男生會一個人去參加小會議
③ 女生要一個人寫山本部長要的資料
④ 兩個人要一起整理做報告的必要資料

答え　④

---

06 だいろっか

B級グルメと大阪

1. ① 田中先生 / 小姐信誓旦旦地說一定會做到，卻食言了。
2. ② 恐龍相當於鳥類的祖先。
3. ① 看起來簡單，實際上做起來相當地不容易。
4. ③ 寫到一半的報告資料消失了。
5. ③ 進入新的一年的同時，煙火也一齊升空。
6. ① 幫朋友搬家換來了一頓飯。
7. ② 也許用不上，但總之還是帶傘去。
8. ① 現在電梯施工中，也就是說只能走樓梯了。
9. ③ 就算不是專家也可以用網路看到世界各地的資訊。
10. ③ 大衣脫在一旁，沒有用衣架掛起來。

聴解内容

女の人と男の人がレストランで話しています。女の

人はこれから何を注文しますか。

女：私、こんないいレストランに来るのは初めて。ねえ、このＡ５ランクって、何のこと？

男：知らないの？牛肉だよ。1から5まであって、数が大きければ大きいほど、高いってやつでしょ？

女：へえ、知らなかった。ほんとだ。高い。

男：こんな店、めったに来られないんだから、そのハンバーグ、頼めばいいじゃない。

女：そうだよね。どうしようかな…。

男：僕は何にしようかな。とりあえず、このステーキと…

女：え、2つも3つも頼むの？

男：冗談だよ、ステーキと前菜、いろいろついたこのおまかせコースにしようかな。いろいろ食べられるし。君は？ステーキセットもあるよ。

女：私、そんなにたくさんは食べられないわ。でもやっぱり食べてみたいな…。

男：さっき言ってたＡ５ランクの？

女：うん。

男：そうすればいいよ。今日は僕のおごりなんだから、気にしないで。

女：本当？ありがとう。じゃ、決まりだわ。

1）女の人はこれから何を注文しますか。
　　① ハンバーグ
　　② ステーキ
　　③ おまかせコース
　　④ ステーキセット

中国語訳

一對男女在餐廳談話。女生接下來會點什麼呢？

女：我是第一次來這麼棒的餐廳。這個 A5 等級，是指什麼呀？

男：妳不知道嗎？指牛肉呀。分為 1 ～ 5 級，數字越大代表越貴哦。

女：欸，我第一次聽說。還真的耶，好貴。

男：反正這種店也是難得能來一次，妳就點那個漢堡肉排不是很好嗎？

女：也是啦。到底該怎麼辦呢…

男：我要點什麼好呢。總之先來份牛排和…

女：咦，你要點到兩三道嗎？

男：開玩笑啦。我是想點有牛排和前菜，還附有各種品項的主廚推薦套餐。因為可以吃到很多種類。那妳呢？這邊也有牛排套餐哦。

女：我沒辦法吃那麼多呀。不過倒也還蠻想吃看

看就是…

男：那就點剛剛妳說的 A5 等級的？

女：嗯。

男：那就對了。反正今天我請客，不用客氣。

女：真的嗎？謝啦。那就這麼決定了。

1）女生接下來會點什麼呢？
　　① 漢堡肉排
　　② 牛排
　　③ 主廚推薦套餐
　　④ 牛排套餐

答え　①

---

07 だいななか

お辞儀

1. ① 每當在 FB 看到朋友活躍的樣子，就會覺得自己也要更加努力。
2. ② 兄弟間爭奪遺產。
3. ① 如果能夠讓時間倒轉，想要回到一年前。
4. ③ 佐藤選手不負粉絲的期望，得到了冠軍。
5. ③ 當緊張而腦袋空白的時候，應該先深呼吸。
6. ② 就算住在美國，也未必能說出流暢的英文。
7. ① 這條路不管是白天黑夜，車子都很多。
8. ③ 這本漫畫不只在日本，世界各地都有粉絲。
9. ③ 要是路上發生交通事故，即使是公車司機也無法按照時間行駛。
10. ② 演唱會門票在一般販售之前，也有針對會員的販售。

聴解内容

男の人と女の人が話しています。男の人が今の仕事を選んだきっかけは何ですか。

女：こちらに来て明日で1か月になりますね。どうですか。

男：こちらを知人に紹介してもらった時、「大変だよ」とは聞いていたんですが、やっぱり、接客用語も難しいし、細かなところまで気を配らないといけないし…。最近は外国人のお客様も多いし…。接客自体は好きなんですよ。早く先輩み

たいに何でもできるようになりたいので、頑張ります。

女：わたしもまだまだですよ。ご実家が料亭をされているんですよね。それで松本さんもこの仕事を選ばれたんですか。

男：ええ、始まりはそうですね。毎日両親が仕事をするのを見ていましたから。

女：そうですか。

男：両親からは、何かにつけて家を継げ、継げってうるさく言われて、絶対にやらないって思ってた時期もありましたけどね。

女：じゃあ、今どうしてここに？

男：実は去年、事情があって1か月だけ実家の仕事を手伝ったんです。実際に仕事を手伝ってみてその時初めて両親の仕事の偉大さに気がつきましたね。それでやっぱりうちの店を継ぎたいな、と思って。

女：そうですか。

1）男の人が今の仕事を選んだきっかけは何ですか。
　　① 接客が好きだから
　　② 実家が料亭を経営しているから
　　③ 両親にそうするように言われたから
　　④ 知り合いが紹介してくれたから

中国語訳

一對男女正在談話。男生選擇了現在這份工作的契機是什麼呢？

女：明天就是你來店裡滿一個月了。都還好嗎？

男：當時麻煩朋友引薦我來這裡時，有聽他說「會很辛苦哦」，果然除了招呼用語很困難，連很瑣碎的細節都必須要費心留意呢…再加上最近外國來的客人也很多…我本身是很喜歡接待客戶的哦。只希望能早點像前輩一樣，樣樣得心應手，所以我會努力的。

女：我也還早得很呢。你的老家是經營高級日式料理店的吧。所以松本你才會選擇這份工作是嗎？

男：嗯，一開始是那樣沒錯呢。因為以前每天都看著父母在工作。

女：這樣呀。

男：因為動不動就被父母唸快繼承家業什麼的，覺得煩要死，也曾經覺得自己絕對不會做這行呢。

女：那為何現在在這裡工作呢？

男：其實是因為去年由於某些緣故在老家幫忙了一個月。實際在店裡幫忙的時候，才體會到父母他們工作的偉大。所以才覺得果然還是想繼承家業。

女：原來如此。

1）男生選擇了現在這份工作的契機是什麼呢？
　　① 因為喜歡招待客戶
　　② 因為老家在經營高級日式料理店
　　③ 因為被父母勸說
　　④ 因為朋友引薦

答え　②

08 だいはちか

招き猫

1.　② 看他最近心情很好的樣子，應該是交到女朋友了吧！
2.　① 在陰暗的地方使用電腦的話，有可能會危害眼睛視力。
3.　③ 新的手機更能拍出漂亮的照片。
4.　① 據說下週將舉行煙火大會。
5.　① 並非只要努力就會有結果。
6.　② 因為朋友開車送我的緣故，所以就不用等巴士了。
7.　② 根據新聞報導，據說因為下雪的關係電車停駛。
8.　③ 我一邊讀一邊流下感動的淚水，真不愧是暢銷書。
9.　② 儘管昨天被警告了，今天還是犯了同樣的錯誤。
10.　① 只要沒有得到許可，就不能在公園銷售商品。

聴解内容

男の人と女の人が話しています。2人は明日どうしますか。

女：あれ？また消えちゃったよ。

男：最近、よくこうなるよね。そろそろ買い替える時期かな…。

女：そうね。それに、パソコンも。

男：テレビに、パソコンか…。結構高くつきそうだな。

女：じゃ、電気屋に持っていって、どこがだめなのか見てもらおうよ。修理できるならやってもらえばいいし。

男：テレビはかなり古いから買い替えようよ。パソコンは…修理するにしても結構かかること、あるよ。どうする？

女：そうね…。どちらにしてもいくらかかるかわからないと何とも言えないね。

男：じゃ、今日はもう遅いから、明日電気屋に行ってみようよ。

女：うん、そうね。見積もりをもらってからもう一度考えましょ。

1）2人は明日どうしますか。
　　① テレビを買い替える
　　② パソコンを修理してもらう
　　③ 新しいパソコンとテレビを買いに行く
　　④ 電気屋へ行って修理や買い替えにいくらかかるか教えてもらう

中国語訳

一對男女正在談話。他們明天會怎麼做呢？

女：咦？畫面又突然不見了。

男：最近常這樣耶，差不多該買台新的了吧。

女：是呀。而且電腦也該換了。

男：電視加上電腦，感覺會花很多錢哪…

女：不然拿去電器行，請他幫我們檢查哪邊故障吧。假使能修理的話，就請他們修就好。

男：電視相當老舊了，還是買新的吧。至於電腦嘛…即使是修理，偶爾也會花很多錢喔。妳覺得呢？

女：這樣呀…不管做哪個決定，不曉得費用的話也很難斷言吧。

男：那樣的話，今天時間很晚了，我們明天再去電器行看看吧。

女：嗯，好啊。等拿到估價單之後再衡量一次看看吧。

1）他們明天會怎麼做呢？
　　① 換一台新電視
　　② 找人修理電腦
　　③ 去買新的電腦和電視
　　④ 去電器行詢問修理或買新的需要多少錢

答え　④

09 だいきゅうか

手作り弁当

1.　② 這個樂團比起日本，在海外人氣更高。
2.　① 只要沒有足夠的證據，就無法逮捕。
3.　③ 因為才剛吃過飯，實在無法再吃下任何東西。
4.　② 雖說想要跟她交往，但是連告白的勇氣都沒有。
5.　③ 經濟發展的同時，自然環境也被破壞。
6.　② 不管對方做了多麼壞的事情，都不能使用暴力。
7.　③ 被蚊子叮，癢到不行。
8.　① 雙方達成共識簽訂了契約。
9.　① 哪有可能被這麼容易識破的謊言騙。
10.　② 舞蹈比賽得到冠軍的時候，是何等的開心啊！

聴解内容

女の人と男の人が話しています。名刺交換の際にはどうするのが正しいですか。

女：久しぶり。就職してからすっかり会えなくなっちゃったね。仕事はどう？

男：まだまだわからないことだらけですよ。社会人になって、会社で働く上で覚えなければならないマナーみたいなものも多くて…。

女：そうね。まあ、そのうち慣れるわよ。

男：大丈夫かな、僕苦手なんですよ。そういえば、昨日初めて先輩について取引先に挨拶に行ったんですけど、名刺交換するのも初めてで…。先輩にぎこちないって言われちゃいました。

女：名刺交換、懐かしいな。私も会社に入ったばかりの時、先輩に教えてもらったんだけど、いざとなるとどうしたらいいのかわからなくなっちゃって。

男：そうなんです。いざとなると。そうだ。よくわからないんですが、相手と同時に名刺を出したときって、どうやって交換すればいいんですか。

女：同時に出したとき？じゃ、ちょっとやってみましょ。まずは自分の名刺を名刺入れの上において、両手で持つの。

男：この辺で？

女：そう。胸の辺りでね。それから右手で自分の名

答え　解答

刺を差し出して、左手で相手の名刺を自分の名刺入れの上に置くようにして、受け取るのよ。

男：右手で渡して、左手で受け取るんですね。

女：うん。右手が空いたら、相手の名刺はすぐに両手で持ってね。ずっと片手で持ったままなんてだめよ。

男：はい。ああ、やっぱり難しいですね。

女：慣れよ、慣れ。もう1回やってみる？

1）名刺交換の際にはどうするのが正しいですか。
　　① 両手で自分の名刺を先に渡す
　　② 左手で自分の名刺を差し出す
　　③ 両手で相手の名刺を先にもらう
　　④ 右手で自分の名刺を渡す

中国語訳

一對男女正在談話。交換名片的時候，怎麼做才是正確的呢？

女：好久不見。開始工作後變得完全沒時間見面了呢。工作如何呀？

男：還是一堆搞不懂的事情。出了社會，進了公司上班之後，必須學習的禮儀規則之類的東西還真多…

女：是呀。不過慢慢就會習慣了啦。

男：真的沒問題嗎，我覺得很棘手耶。說到這個，我昨天第一次跟著前輩去拜訪客戶，也是初次交換名片…。被前輩唸說我很生疏。

女：交換名片呀，真令人懷念。剛進公司的時候，也有請前輩指導過我，畢竟真要上場的話自己也不知道該怎麼做才好。

男：沒錯沒錯，真要上場的時候。對了，我還搞不清楚，當自己和對方同時遞出名片的時候，要怎麼交換才適當呢？

女：同時遞出名片的時候？不然我們實際演練試試。首先把自己名片放在名片盒上，用雙手拿著。

男：大概這個位置？

女：沒錯。大約胸口附近。然後用右手遞出自己的名片，用左手將對方的名片放在自己的名片盒上收下。

男：就是說用右手遞名片，左手拿名片是吧。

女：嗯。如果右手空著的話，那就立刻改用雙手拿著對方名片。不能一直用單手拿著哦。

男：好的。啊啊，果然還是很困難呀。

女：習慣就會啦。不然我們再練習一次？

1）交換名片的時候，怎麼做才是正確的呢？
　　① 用雙手先遞交自己的名片
　　② 用左手遞交自己的名片
　　③ 用雙手先收下對方的名片
　　④ 用右手遞交自己的名片

答え　④

10 だいじゅっか

温泉の入り方

1. ① 他不只會說英文也會說俄羅斯文。
2. ① 進游泳池的時候請一定要戴上泳帽。
3. ③ 這本漫畫不只是小朋友，大人也會覺得有趣。
4. ③ 應該要禮讓電車座位給高齡者。
5. ② 配合現有的預算做花束。
6. ③ 姑且不論外觀，味道是非常美味的。
7. ① 因為時間來不及，不得不熬夜做報告。
8. ② 能合格一切都是託老師的福。
9. ① 即使道歉也不會被原諒。
10. ① 正因為搞錯車站的出口，所以錯過了約定的時間。

聴解内容

スーパーでアナウンスが流れています。

アナウンス：お客様にご案内いたします。当店では本日から土曜日までの6日間、開店20周年記念セールを実施中でございます。さらに本日は、当店で合計1000円以上お買い上げのお客様を対象に、大抽選会を行っております。

女：抽選会があるんだって。行ってみようよ。

男：なになに、1等はバリ島ペア宿泊券？いいなあ、当たるかな。

女：さっき買ったレシート、捨ててないよね？

男：あるある。レジの人もレシートを持って抽選会場へお越しくださいって言ってたよね。

女：うん。あ、あそこじゃない？

男：ほんとだ。あー、アンケートみたいなの、書かなきゃいけないのかな。面倒。

店員：お客様、アンケートにお答えいただいた方には粗品もご用意しておりますよ。

女：そうなんですか。ねえ、私、書いてくるよ。

男：アンケートに答えないと抽選に参加できないんですか。

店員：いいえ、こちらは、必須ではございませんので。

男：じゃ、僕は抽選のほう、行ってくるよ！

1) 話の内容に合うものはどれですか。
① セール期間中いつでもこのイベントに参加できる
② レシートを持っていないと抽選会に参加できない
③ アンケートには必ず答えなければならない
④ アンケートに答えた人は抽選会に参加できる

中国語訳

超市正在廣播。

廣播內容：向各位貴賓介紹。本店從今日開始到週六，為期六天舉辦開店二十週年的促銷活動。並且於今日，針對本店消費一千日圓以上的貴賓，舉行盛大的抽獎活動。

女：有抽獎活動耶。去看看吧。

男：這什麼這什麼，頭獎是峇里島的住宿券兩張？也太讚了吧，不知道會不會中。

女：剛剛的購物發票，你還沒丟吧？

男：沒丟沒丟。結帳人員也有提醒請我們持發票去抽獎會場呀。

女：是呀。啊，是不是那邊？

男：真的耶。啊，好像要填像問卷一樣的東西。有夠麻煩。

店員：這位客人，我們有提供小禮物給填寫問卷的貴賓哦。

女：這樣呀。那我去填一填再回來哦。

男：所以不填問卷就不能參加抽獎嗎？

店員：不是的，不一定要填問卷才能參加。

男：那我就去抽獎那邊囉。

1) 符合會話內容的是哪個選項呢？
① 促銷期間隨時可以參加這個活動
② 沒有持發票就不能參加抽獎活動
③ 一定要填問卷
④ 填完問卷的人就能參加抽獎活動

答え　②

11 だいじゅういっか

バレンタイン

1. ③ 飛機因為颱風緣故而停飛，實在是非常困擾。
2. ③ 這個展覽為期兩週。
3. ① 聽他說話的方式，和以前相比像是變了個人。
4. ① 徒手去摸的話會燙傷。
5. ③ 不要過度擔心，先試著挑戰看看。
6. ② 只要現在的手機還能用，就不會買新的。
7. ① 既然都承接了這份工作，就得負起全責到最後。
8. ② 實在很難理解年輕人的想法。
9. ③ 反覆地激烈練習，最後弄得腰很痛。
10. ① 雖然看得懂日文文法，但不擅長口說。

聴解内容

家で女の人と男の人が話しています。

女：おかえり。これ、ポストに入ってたよ。何買ったの？

男：あー、忘れてたね。この前頼んでた本だ。一日休みの予定だったのに、朝から出勤することになっちゃたから…。

女：ああ、それで家にいなかったんだ。早く読みたいね。忘れないうちに電話しとかなきゃ。

男：今何時？9時か…。今日はもう無理だね。明日の仕事帰りに宅配便の営業所に寄るよ。

女：ええ、家と逆方向じゃない。家に届けてもらえばいいわよ。それとも、私が仕事の前に取りに行ってもいいよ。近くだし。

男：うーん、朝は何かと時間がないんじゃないかな。

女：そうね…。あ、そうだ！明日の仕事、朝だけなんだった！午後なら、私家にいるよ。

男：会社の人と食事に行くんじゃないの？

女：それは夜。ちょっと遠いから4時には家を出るけど。昼過ぎに持ってくるようにお願いしておけば大丈夫よ。

男：でも、そんなに細かく時間指定できるもんじゃないでしょ。

女：それもそうね。

男：じゃ、やっぱり朝、お願いしてもいい？

女：もちろんよ。

答え　解答

1) 男の人と女の人は荷物をどうすることにしましたか。
   ① 今日中に受け取る
   ② 女の人が仕事へ行く前に営業所に取りに行く
   ③ 男の人が明日の夜、家で荷物を受け取る
   ④ 男の人が営業所へ荷物を取りに行く

中国語訳

一對男女在家中談話。

女：回來啦。這是放在信箱裡的。你買了什麼呀？

男：啊，我完全忘了這回事。之前訂的書啦。本來預定今天休假的，誰知道變成早上要上班，所以就…

女：這樣呀，所以才不在家對吧。真想趕快看呢。趁還沒忘記之前必須先來打個電話。

男：現在幾點？九點了呀…今天來不及了吧。等明天下班回家，我順道再去宅配的營業所取件吧。

女：那不是跟家裡反方向嗎？請對方送過來就好了呀。或是我上班前去取件也可以哦，因為蠻近的。

男：這個嘛，不過早上都會東摸西摸時間不夠用不是嗎？

女：也是啦…啊，對了！我想起來了，明天只要上早班！下午就會在家囉。

男：妳不是要跟同事去吃飯嗎？

女：那是晚上。餐廳有點遠所以四點要出門。那交代對方中午過後送來就沒問題啦。

男：不過，沒辦法指定那麼詳細的時間不是嗎？

女：也是啦。

男：不然還是麻煩妳早上去拿，可以嗎？

女：當然沒問題呀。

1) 這對男女決定要如何處理包裹呢？
   ① 今天去拿
   ② 女生利用上班前去營業所拿
   ③ 男生明晚會在家裡收
   ④ 男生去營業所拿

答え　②

---

12 だいじゅうにか

お宅訪問のマナー

1. ③ 以自身的經驗給後輩建議。
2. ③ 雖然迷路了，但還是有趕上時間。
3. ① 加油順便洗車。
4. ③ 不用說汽車，連機車的駕照也沒有。
5. ① 由於大雪的緣故，目前還在觀望能否行駛。
6. ③ 因為部長還沒回來，會議無法開始。
7. ③ 因為無法充電，只能換電池。
8. ① 雙方談到最後以離婚收場。
9. ③ 自從 10 年前第一次爬過富士山後，每年都會去爬。
10. ② 他總是想太多。

聴解内容

薬の説明をしています。

お薬を忘れずに飲んでくださいね。飲み方が少し複雑ですから、一緒に確認しておきましょう。

これからお飲みいただくお薬は全部で5種類です。色や大きさが違いますから、わかりますね。袋の表に写真もあるので、間違えないようにしてください。まず、この薬から。このカプセル、赤と白のですね、これは1日3回、毎食後に飲んでください。それからこれとこれは、あっ、赤と白の薬と同じ飲み方です。それから、この丸い薬は夜寝る前に飲んでください。食後の薬を飲んでから、3時間はあけて飲むようにしてくださいね。それから、この粉薬は退院してからもしお腹が痛くなったら飲んでください。この薬を飲んでも1、2時間痛みが続くようなら、病院へ来てください。痛みが治まったら、来なくてもいいですよ。これも、食後の薬を飲んでから、1時間は時間をあけるようにしてくださいね。飲み方は必ず守ってください。もし分からなくなったら、すぐ病院に電話して、確認してくださいね。

1) 話の内容に合うものはどれですか。
   ① 毎日4種類の薬を飲まなければならない
   ② 粉薬は食事が終わってから1時間以内に飲んだほうがいい
   ③ 毎食後飲む薬は2種類だ
   ④ もし腹痛になったらすぐに病院へ行かなければならない

中国語訳

現在正在進行藥物的說明。

別忘了要吃藥哦。因為服用方法有點複雜，我們先一起確認一遍吧。

接下來要吃的藥物一共有五種。顏色或大小都不一樣，看得出來吧。藥袋上也有照片，所以請不要搞混了。先從這種藥開始。這個紅白的膠囊，請一天三次在飯後服用。然後這種跟這種，啊，跟紅白的藥是相同吃法。接下來這種圓形的藥要在晚上睡前吃。必須吃完飯後的藥之後，空三小時再吃哦。然後這個藥粉等出院後如果肚子痛的話再吃。如果吃了這個藥之後仍然持續一兩個小時疼痛的話，請來醫院一趟。若是疼痛有減緩，不用來醫院也沒關係。這個藥也是要在飯後的藥吃完之後，隔一個小時再吃。藥物的服用方法請務必遵照規定。如果有不懂的地方，請立刻來電跟醫院進行確認哦。

1) 與會話內容相符的選項是哪個呢？
　　① 每天都必須服用四種藥物
　　② 藥粉要在飯後一小時內服用比較好
　　③ 每餐飯後要吃的藥有兩種
　　④ 如果肚子痛的話必須立刻去醫院一趟
答え　①

13 だいじゅうさんか

鬼

1. ② 那麼煩惱要不要去的話，那還是別去了。
2. ③ 只是失敗一次，怎麼能夠就這樣放棄。
3. ① 看著小孩子成長很開心，但也有些許寂寞。
4. ① 小孩子也有小孩子的煩惱啊！
5. ③ 在高中學過三角函數後，一次也沒用過。
6. ① 以葡萄為代表，日本有很多秋季水果。
7. ② 大英帝國是歷史上領土最大的國家。
8. ① 那個人都有老婆了，還在跟其他女性約會。
9. ② 再怎麼趕時間，也不能插隊。
10. ① 過度驚嚇導致無法出聲。

聴解内容

教室で学生が話しています。

女：あれ？どうして今日はこんなに早いの？
男：早いかなあ？あと５分で先生が来るよ。
女：あなたにしては、よ。いつもはもっとぎりぎり、かろうじて遅刻になってないくらいじゃない。
男：まあ、そうだね。
女：どうして？
男：今日から弟が修学旅行なんだ。
女：ああ、それで。弟の健太君を駅まで送っていくついでに、車に乗せてもらったの？
男：それは佐藤さんのほうでしょ？妹の美紀ちゃんと一緒に。
女：あれ？話してたっけ。
男：僕のうちは駅のすぐそばだよ。そうじゃなくて、弁当。いつも僕がぎりぎりなのは、母さんが弁当をぎりぎりまで作ってるからなんだ。僕は準備できてるのに、母さんがいつも「もうちょっと待ってね。」って。
女：そうだったんだ。遅くまで寝てるのかと思ってた。
男：ううん。今日は健太の集合時間が早かったから、母さんもそれに合わせて弁当を作ってたんだ。
女：だから待たなくてもよかったって訳ね。
男：そう。
女：でもたまには朝、お弁当を作るのを手伝ったら？
男：えー、無理だよ。早起きできないし。
女：でもお母さんだって、毎日大変でしょ？
男：まあね。考えとくよ。

1) 話の内容に合うものはどれですか。
　　① 女の人は今日車で学校へ来た
　　② 男の人はこれから弁当を作るのを手伝う
　　③ 男の人はいつも遅くまで寝ている
　　④ 女の人は駅の近くに住んでいる

中国語訳

學生在教室裡談話。

女：咦？為何今天怎麼這麼早到？
男：這樣算早嗎？老師還有五分鐘就要來啦。
女：就你來說啦，你一定都是等到最後一刻，幾乎要遲到的狀態才進教室不是嗎？
男：這倒也是啦。
女：那今天是怎麼了？
男：因為我弟今天開始畢業旅行。
女：哦，是剛好要送弟弟健太去車站，所以一起搭車？
男：佐藤妳才是那樣吧？都跟妹妹美紀一起。

女：咦？我有說過嗎？

男：我家就在車站旁邊呀。才不是那樣勒。是因為便當。我會到最後一刻才趕著進教室，就是因為我媽總是拖到最後一刻才準備完便當。明明我早就準備好要出門了，媽媽老是說「再等一下下就好哦。」

女：原來如此呀。一直以為你是不是睡到很晚的緣故呢。

男：不是哦。今天健太的集合時間很早，所以媽媽要配合他的時間做便當。

女：所以可以不用等那麼久。

男：沒錯。

女：不過早上你也可以偶爾幫忙準備便當呀？

男：不可能啦。我沒辦法早起。

女：但是你媽媽每天這樣會很辛苦吧？

男：說的也是啦，我會再想想。

1）與會話內容相符的選項是哪個呢？
　　① 女生今天是坐車來上學
　　② 男生之後會幫忙準備便當
　　③ 男生通常都睡到很晚
　　④ 女生是住車站附近

答え　①

14 だいじゅうよんか

日本料理を楽しむ

1.　② 只要有智慧型手機，就可以買東西。
2.　① 正因為是自己釣的魚，所以（做出來的）這生魚片特別好吃。
3.　② 昨天報告寫到凌晨三點，現在睏到不行。
4.　③ 雖然我大多都是外食，但也不是完全都不煮飯。
5.　③ 還用說，一定可以的啊！
6.　① 房間地上散亂著漫畫啦、衣服等物品。
7.　③ 佐藤先生既有男子氣概，說話又風趣，當然會受歡迎。
8.　① 這部電影正因為是用大螢幕看，覺得特別感動。
9.　① 她一臉悲傷地眺望著窗外。
10.　① 正因為那個人人生經歷豐富，所以講的話很有說服力。

聴解内容

図書館で職員が話しています。

女：あの、山下さん、ちょっとよろしいでしょうか。

男：ええ、どうしました？

女：この佐々木さんって方、本の返却期限は先週だったんですが、まだ返しに来られてなくて…。お知らせのはがきを出そうかと思ったんですが、昨日何か、電話があったんですよね。

男：そうそう。昨日の午後電話があって、急に用事ができて、実家がある北海道に帰っちゃったらしいんだ。それで申し訳ないけどもう1週間ほど待ってくださいって。

女：そうだったんですね。じゃ、きっと来週返しに来てくださいますね。

男：どうかな。その人、前にも同じようなことがあったんだよ。お知らせのはがきを出したり、家に電話をかけたりしたんだけど、なかなか返してくれなくて、結局2か月ぐらい本を借りたままだったんだよ。

女：ええ、そんなに。2か月も借りたままなんて！

男：困っちゃうよね。

女：そういう場合は、確か…。

男：うん、規則の1か月を越えたから、1年間利用禁止になったんだよ。

女：この本、他にも貸し出しの予約をしている人がいるので、そんなことにならないといいんですが。もし返してくれなかったら予約している人に申し訳なくてならないですよね。

男：そうだね。ま、今週中に返しに来てくれなかったら、月曜日あたり、お知らせのはがき、出しといてよ。

女：わかりました。

1）図書館の人はどうしますか。
　　① 2か月本を貸したままにする
　　② 今週末まで様子を見る
　　③ 利用禁止にする
　　④ 今週中にお知らせのはがきを送る

中国語訳

職員在圖書館談話。

女：山下，現在有空嗎？

男：嗯，怎麼了？

女：這位佐佐木借的書，歸還期限是到上週為止，卻還沒有來還書…。原本想要不要寄提醒的

明信片出去，結果昨天對方來了電話對吧？

男：沒錯沒錯。昨天下午打電話來說因為突然有急事，趕回北海道的老家的樣子。對方說自己深感抱歉，要請我們再多等候一週。

女：是這樣子啊。那對方下週就會來還書了吧。

男：很難說呢。那個人之前也有相同的案底，我寄了提醒的明信片，也打了電話去對方家裡等等，但就是遲遲不來還書，結果拖了兩個多月。

女：沒搞錯吧。竟然拖了兩個月！

男：真傷腦筋呢。

女：那樣的話，如果沒記錯的話…

男：嗯，已經超過規定的期限一個月，所以必須禁止對方借閱一年。

女：這本書還有讀者預約要借閱，希望事情別演變成那樣就好了。如果沒有歸還的話，就很對不起預約的讀者。

男：是呀。反正這週如果沒回來還書的話，週一左右再請妳寄提醒的明信片吧。

女：我瞭解了。

1) 圖書館的人會怎麼做呢？
　① 就把書出借兩個月
　② 這週末前先靜觀其變
　③ 禁止對方借閱
　④ 這週內會寄出提醒的明信片

答え　②

15 だいじゅうごか

本音と建前

1. ① 因為颱風來了，難得的旅行就泡湯了。
2. ③ 因店面裝潢，休息到 12 月 2 日。
3. ② 就算哭也不能解決問題。
4. ③ 不管接不接這份工作，都要趕快做回覆。
5. ② 不趕快找到新工作的話，積蓄只會一直減少。
6. ① 在料理專業上很有自信。
7. ③ 市場擺滿了當季才有的食材。
8. ③ 果然是電視有介紹過，連日以來客人絡繹不絕。
9. ③ 腳底被蚊子叮咬，癢到不行。
10. ③ 順道在書局停留時，巧遇 10 年不見的高中同學。

聴解内容

女の人が話しています。

みなさんはアンケート調査をしたことがありますか。私は学生の頃、学内で夫婦別姓に賛成かどうか、アンケートを取ったことがあります。今、日本では結婚したら男性、または女性が名字を変えることになっています。しかし、この法律を変えて、もし夫婦が希望すれば、別々の名字を名乗ってもいいことにしよう、というものです。さて、これについてはいろいろな人がすでにアンケート調査を行っています。私はインターネット上で2つのアンケート調査を見つけました。Aのアンケートでは、夫婦別姓に賛成の人が90パーセント以上もいたのに、Bのアンケートでは40パーセントぐらいしか賛成の人がいなかったそうです。同じ問題について聞いたのに、どうして結果がこんなに違ったんだと思いますか。理由は簡単です。Aのアンケートの質問は「結婚したら夫婦同姓か、夫婦別姓を選べるようにすべきだと思いますか」でしたが、一方、Bのアンケートの質問は「夫婦別姓を認めるべきだと思いますか」だったのです。アンケート調査を行う際にはいろいろ注意することがありますが、みなさん、この点についてもよく考えておいてくださいね。

1) 女の人が一番言いたかったことは何ですか。
　① アンケート調査は何度か行って、結果を比較しなければならない
　② アンケート調査をする際には、インターネット上で事前に資料を集めるべきだ
　③ アンケート調査をする際には、質問の仕方にも注意したほうがいい
　④ アンケート調査は注意することが多い

中国語訳

女生正在說話。

各位有做過問卷調查嗎？我在求學時期，曾針對是否贊成夫妻異姓的問題，在大學裡進行了問卷調查。雖然現在日本規定婚後男性或女性其中一方，必須改用對方的姓氏，但是我們期望能改變這個法律，讓想保留原本姓氏的夫妻擁有選擇權。回到正題，關於這樣的調查已經有很多人在進行了。我在網路上找到兩個問卷調查。A 問卷的結果顯示，贊成夫妻異姓的多達九成以上，但

中同學。

B 問卷的結果卻只有四成左右的人贊成。

　各位是否會覺得明明是同一個問題，為何結果會這麼天差地遠呢？理由很簡單。A 問卷的問題是「你認為應該要讓人民在婚後可以自由選擇要夫妻同姓或是夫妻異姓嗎？」另一方 B 問卷的問題則是「你覺得是否要承認夫妻異姓？」。施做問卷有許多要留意的地方，關於剛才提到的部分，也請各位要納入考量哦。

1）女生最想呼籲的一點是什麼呢？

　　① 問卷調查需要先做個幾次後，再去比較結果

　　② 做問卷調查時，應該要先收集好網路上的資料

　　③ 做問卷調查時，最好要留意問題的設計方式

　　④ 問卷調查有很多要注意的細節

答え　③

答え（復習）

1〜3

1
1) 埋まって 　　2) 恵まれた
3) 一向に 　　　4) シーン
5) 喜ばしい 　　6) 厚着
7) 引き継ごう 　8) 特典
9) 老けて
10) 落ち込まないで／落ち込まなくても（いいよ）

2
1) 走っている、回復しつつある
2) ことはない、ことがある
3) 向き、向け
4) 残念そうに、高そうな
5) しかない、にすぎない

3
1) H 　　　2) C 　　　3) I
4) B 　　　5) D 　　　6) A
7) J 　　　8) G 　　　9) E
10) F

4
1) ② 　2) ① 　3) ④ 　4) ③

5
聴解内容
1) A:今年はちょっと来るのが遅かったかな。残念だね。
　B:① うん、今年は咲かなかったのかな。
　　② うん、もうほとんど散っちゃってるね。
　　③ うん、花びらしかないね。
2) A:どうしたの？ぶつぶつ言って。
　B:① ママがあの漫画、読まされちゃったんだ。
　　② ママにあの漫画、取られちゃったんだ。
　　③ ママはあの漫画、持っていかれちゃったんだ。
3) A:うわあ、全部埋まってる。これじゃ無理そうだ

ね。
　B:① うん、後ろに立って聞こうか。
　　② ほんと、いい席もがらがら。
　　③ うん、あそこに座ろうよ。

中国語訳
1) A：今年似乎來得比較晚呢。真是可惜。
　B：① 嗯，今年花沒開呢。
　　② 嗯，花幾乎都謝了呢。
　　③ 嗯，只剩下花瓣了呢。
2) A：怎麼啦？一直碎碎念的。
　B：① 因為媽媽被強迫看那本漫畫。
　　② 因為那本漫畫被媽媽沒收了。
　　③ 因為媽媽那本漫畫被拿走了。
3) A：哇，座位全滿了。看來是沒得坐了呢。
　B：① 嗯，那我們站後面聽吧。
　　② 真的耶，好位子都空空的。
　　③ 嗯，那就坐那吧。

答え
1) ② 　2) ② 　3) ①

4〜6

1
1) 工夫を凝らして 　2) 支えて
3) 傷んでいる 　　　4) 勝手に
5) とりあえず 　　　6) 横切る
7) クレーム 　　　　8) 甲斐
9) 遂げた 　　　　　10) てっきり

2
1) おもいがけず 　2) とりあえず
3) いっこうに 　　4) いっけん
5) ひっしに 　　　6) まさか
7) つい 　　　　　8) なかなか
9) なんと 　　　　10) つまり

3
1) 何か怖いものでも見たかのような
2) 仕事をはじめるにあたって
3) このカメラは小型でありながら
4) 犬や猫といったペットを飼ったことがない

答え　複習解答

5）あの仕事をやり遂げるのはかなり大変そうだ

6）彼の話なんて信じるだろうか

7）税金は払わないわけにはいかない

8）諦めかけた時にやって来る

9）人に指をさすのは失礼にあたる

10）入ったかと思ったら叫びだした

4

1）②　　2）①　　3）④　　4）③

5

聴解内容

1）学生が大学の職員と話しています。学生はこれからまず何をしなければなりませんか。

A：あの、来年度の授業料のことで聞きたいんですが。

B：なんでしょう。

A：来年度、大学院に進学するんですが、どこで授業料を払えばいいかわからなくて。

B：それなら、学部生のときと同じですよ。

A：あ、わたし、今までは奨学金で授業料が全額免除だったんです。

B：そうですか。それで。

A：ええ。

B：じゃ、この書類のここと、ここに必要事項を記入してください。

A：はい。

B：それから通帳のコピーが必要なんですが、今ありますか。

A：いえ、今日は持ってきてなくて。

B：そうですか。すぐに取りに帰れますか。書類の提出期限は明日ですから。

A：大丈夫です。わたし、学内の寮に住んでいるので。

B：それはよかったです。あっ、それからここに戻る前にコピーしてきてもらえますか。今事務所のコピー機が使えないんです。

A：わかりました。提出書類を先に書いてから通帳を取りに行ったほうがいいですか。

B：いいえ、後で説明しながら一緒に記入してもらいます。まずは通帳のほう、お願いします。

A：わかりました。

学生はこれからまず何をしなければなりませんか。

① 通帳を提出する

② 書類に必要事項を記入する

③ 通帳をコピーする

④ 寮に戻る

2）旅行会社の窓口で女の人が旅行代金について聞いています。女の人は全部でいくら払いますか。

A：このプランですと、料金はお一人様2万5千円でございます。いかがですか。

B：結構高いんですね。

A：人気のホテルでして、2万5千円のプランと3万円のプラン、この2つだけなんです。

B：じゃ、安いほうで…。あっ、そういえば、私、去年こちらの会員になったんですよ。確か割引券があったような…。これです。まだ使えますか。

A：ええ、期限は特にございませんので。しかし、こちらは、海外旅行のお客様のみお使いいただけるものでして…。

B：そうですか。てっきり国内旅行でも使えるのかと思ったわ。

A：あ、お客様、来月がお誕生日なんですね。

B：ええ、そうです。

A：お誕生日割引というのがございまして、10パーセント割引させていただいているんですよ。

B：そうですか。ありがとうございます。主人の分も割引になるんですか。

A：ええ、もちろんです。

B：なら、高いほうのプランでいいわ。お願いします。

女の人は全部でいくら払いますか。

① 45000円

② 50000円

③ 54000円

④ 60000円

3）大学の職員が入学試験について話しています。この大学の教育学部に入学するために必要な成績はどのくらいですか。

　本校の入学試験について説明します。まず、定員は全学部合わせて2500人です。各学部の定員はすべて250人ずつです。合格倍率は学部によって異なります。一番受験者の多い社会学部ですと去年の倍率は2.5倍でした。その

ほかの学部は、教育学部が2.2倍、文学部が1.7倍、などです。詳しくは表を見てください。どの学部も試験科目は3科目で、合計の点数によって合否を決定します。また、合格するには245点ほどは必要ですが、社会学部と文学部ではさらに10点は必要です。これらは去年までのデータでして、今年は入学希望者の増加とともに、さらに5点ほど高くなることが予想されています。試験を受ける皆さんはしっかり準備をして当日に備えてください。

この大学の教育学部に入学するために必要な成績はどのくらいですか。

① 245点以上
② 250点以上
③ 255点以上
④ 260点以上

中国語訳

1) 學生正和大學職員談話。接下來他必須先做什麼呢？

A：這個嘛，我想問問下學期學費的事情。

B：什麼事呢？

A：我下學期會進研究所，不過不清楚應該在哪繳學費才好。

B：方式就跟大學部的學生一樣哦。

A：啊，我一直都是用獎學金來全額抵免學費的。

B：這樣呀，原來如此。

A：嗯嗯。

B：那麼請你將必要事項填寫在這份文件的這邊和這邊。

A：好的。

B：然後我必須要有存簿的影本，那你有帶著嗎？

A：沒有耶，今天沒帶來。

B：這樣呀，那可以現在回去拿來嗎？因為提交期限到明天為止。

A：沒問題。因為我住校內宿舍。

B：那真是太好了。對了，那可以麻煩你自己影印好再回來嗎？因為辦公室的影印機現在無法使用。

A：我了解了。那我要先填好提交文件後再去拿存簿比較好嗎？

B：不用，待會兒會請你邊聽我說明邊寫。麻

煩你先把存簿的事情處理好。

A：我知道了。

學生接下來必須先做什麼呢？

① 交出存簿
② 將必要事項填入文件
③ 影印存簿
④ 回宿舍

2) 有一位女性在旅行社的窗口詢問旅費的資訊。她一共要付多少錢呢？

A：這個方案的話一個人 2 萬 5 千日圓。您覺得如何呢？

B：很貴呢。

A：這間熱門的旅館，只有 2 萬 5 千日圓跟 3 萬日圓的方案可以選擇…

B：那我選低價的方案好了…。對了，我去年加入了它的會員，印象中有拿到折價券…就是這張，還能使用嗎？

A：可以，因為沒有特別標註使用期限。不過這張只限外國旅行的客人使用…

B：這樣呀，本來以為國內旅行也能用的說。

A：啊，您生日就在下個月是吧。

B：嗯，沒錯。

A：有生日優惠可以打九折唷。

B：這樣呀，謝謝你。那我老公的部分也享有優惠嗎？

A：嗯，當然有的。

B：那樣的話，那就選高價的方案就好了。麻煩你了。

女性一共要付多少錢呢？

① 45000 円
② 50000 円
③ 54000 円
④ 60000 円

3) 大學職員在說明關於入學考的相關資訊。要錄取這所大學的教育學院的成績大約需要幾分呢？

我來說明關於本校入學考的相關資訊。首先全學院的錄取名額是 2500 名。各學院分別有 250 位的名額。各學部的錄取競爭率都不同。應考人數最多的社會學院去年的錄取競爭率是 2.5 倍。其他的學院，教育學院是 2.2 倍，文學院是 1.7 倍…諸如此類。細節請參考圖表。每個學院都有三個考科，依照三科的總分決定錄取與否。然後錄取的低標分數大

答え　複習解答

約要 245 分，但社會學院與文學院需要再多10 分。這些是到去年為止的資料，隨著今年報考者增加的關係，預估錄取門檻會再提高 5分。請各位考生務必好好準備當天的考試。
要錄取這所大學的教育學院的成績大約需要幾分呢？
① 245 分以上
② 250 分以上
③ 255 分以上
④ 260 分以上

答え
1）④　2）③　3）②

7〜9

1
1）見違える	2）踏まえて
3）給食	4）手作り
5）好き嫌い	6）欲張らない
7）境内	8）精一杯
9）悩まされて	10）向上

2
1）ことか	2）たびに
3）にしたところで	4）ものか
5）どころではない	6）をとわず
7）たのしみでしょうがない	
8）にすんだ	9）かぎらず
10）ものなら	

3
1）F	2）H	3）C
4）I	5）E	6）J
7）G	8）A	9）D
10）B		

4
1）④　2）①　3）③　4）③

5
聴解内容
1）女の人と男の人が話しています。女の人が男の人に一番言いたいことは何ですか。
女：ただいま。
男：おかえり。
女：ああ、疲れた。晩ごはん、何？
男：えっ？ああ、そうだ。本当にごめん。忘れてたよ。
女：もう、いつもそうなんだから。いつも口だけ！今日は仕事が早く終わりそうだから晩ごはんの準備は任せてって言ってくれてたのに。また忘れたの？
男：ごめん、ごめん。今から僕がコンビニへ行ってお弁当を買ってくるよ。
女：そういう問題じゃない！家のこともちゃんとやってよ！
男：わかった、わかったよ。明日は休みだから、家のことは全部僕に任せて！君はゆっくりしていいよ。
女：また。結局忘れて遅くまで寝てるんでしょ。嫌だわ！ずっと言おうと思ってたんだけど、あなたって仕事は一生懸命だけど、家ではいつも休んでるだけ。もう！

女の人が男の人に一番言いたいことは何ですか。
① 晩ごはんを作るのを忘れないでほしい
② うそをつかないでほしい
③ お願いしたことを忘れないでほしい
④ 家の仕事もしてほしい

2）テレビのニュースを聞いて、その内容と合うものを選んでください。
A：ただ今、地震の情報が入りました。15時20分ごろ、関西地方で地震がありました。京都市を中心に強い揺れが続いています。余震の心配もありますので関西地方のみなさんは注意してください。この地震による津波の心配はありません。関西地方全域で震度3以上の揺れがみられます。この地震について、新しい情報が入り次第お伝えいたします。
ニュースの内容と合うものを選んでください。
① 関西地方全域で非常に強い揺れがあった
② 余震は起こらない予想だ
③ 津波に注意したほうがいい
④ 大阪も震度3以上だった

中国語訳

1) 一對男女正在談話。女生最想對男生說的話是什麼呢？

　女：到家了喔。

　男：回來了呀。

　女：啊，好累啊。晚餐要吃什麼呢？

　男：嗯？啊啊，對齁。真的很抱歉我忘了。

　女：唉，你總是那樣只出一張嘴！明明你說今天工作會早點結束，所以晚餐就交給我處理，又忘了嗎。

　男：對不起，對不起。我現在就去便利商店買便當。

　女：不是這個問題啦！家務也請你好好做啦。

　男：我知道，我知道。明天是休假日，家事全交給我！妳就好好放鬆一下。

　女：又來了，反正你又會忘記然後睡到很晚吧？真令人討厭死性不改。煩死了！我忍很久一直沒說，你呀，工作上是拼命三郎，但在家裡就只會休息。真是的。

　女生最想對男生說的話是什麼呢？

　① 希望他不要忘記做晚餐

　② 希望他不要說謊

　③ 希望他別忘了自己交待的事

　④ 希望他也能做做家務

2) 聽完電視的新聞播報後，請選出與內容相符的答案。

　A：即刻播送剛剛收到的地震情報。下午 3 點 20 分左右，關西地區發生了地震。以京都市為中心持續著強烈的搖晃。因為有餘震的風險，請關西地區的居民要多加留意。此次地震並無引發海嘯之虞。關西地區全境都呈現 3 級以上的震度。與此次地震相關的後續，一有新的情報會立刻傳達給各位。

　請選出與新聞的內容相符的答案。

　① 關西地區全境都有非常劇烈的搖晃

　② 預估不會產生餘震

　③ 最好要留意一下海嘯

　④ 大阪的震度也有 3 級以上

答え

1)④　2)④

---

10 ～ 12

1
1）頼り　　　　　　2）心当たり
3）とりわけ　　　　4）整える／整えておく
5）おそらく　　　　6）欠かさない
7）悔やまない　　　8）クレーム
9）虚しい　　　　　10）年配

2
1）おそらく　　　　2）より
3）もっとも　　　　4）とりわけ
5）とりとめもない　6）よくよく
7）せいいっぱい　　8）おろか
9）ふかけつな　　　10）てっきり

3
1）今の成績に満足することなく
2）留学に必要な書類がそろわない限り
3）転職について迷った末に
4）につき返品はお断りいたします
5）店の雰囲気からしておいしそうだ
6）何を聞かれたかわからなくて
　　答えようがなかった
7）10年にわたった工事が終わった
8）失敗の原因は我々の準備不足に
　　ほかならない
9）だけでなく大人でも楽しめる
10）歩き回ったあげく何も買わずに帰ってきた

4
1）②　2）①　3）④　4）②

5
聴解内容

1）男の人が話しています。

　A：旅行の楽しみは何ですか。その土地のものを食べること？きれいな景色を見に行くことですか。私は一人旅が好きです。この前四国のある島に行って、小さい民宿に泊まったんです。その民宿は私と同じ年代の夫婦が経営していました。お客は私ともう1組だけだったので、一緒に夜遅くまでいろいろな話をしました。もう1組のご夫婦は、子どもを5人も立

答え　複習解答

派に育て上げ、今は2人、のんびりといろいろなところを旅行して楽しまれているそうです。私は普通の会社員ですが、やっぱり、仕事や暮らし方が違うと毎日考えていることもぜんぜん違うんですね。一緒に話していて、とても面白かったです。旅の楽しみって、いろいろあるでしょうが、私にとってはこういうのが一番の楽しみです。

男の人はいつも何を期待して旅行に行っていますか。
① 新しい友達をつくること
② いい民宿を探すこと
③ 民宿の経営のしかたを知ること
④ 旅先で出会ったいろいろな人と話すこと

2) 男の人と女の人が話しています。
男：あれ？何の本読んでるの？
女：これ？英語の試験の参考書。
男：へー、来月の試験？受けるんだ。難しそうだね。
女：資格があれば就職のときも有利だって聞くしね。受けてみようかな、と思って。
男：資格があったらそんなに有利になるのかな。僕はまだやったことがないからわからないけど…。あれ？そう言えば、去年も資格取るって話、してなかった？
女：あれは全然別の。でも、1人じゃ勉強し切れなくて、途中で諦めちゃったの。
男：こういうの、知ってる？大学の中で、就職に有利な資格試験の勉強会をやってるんだよ。
女：へー、知らなかった。
男：あの英語の試験のもあったはずだよ。参加してみれば？
女：どうかなあ。
男：また去年のみたいなことになっちゃうよ？吉田さんにはこういうののほうが向いていると思うけど…。

男の人はどう思っていますか。
① 就職のとき、英語の資格は必要ではない
② 女の人は勉強を諦めるべきではない
③ 女の人は大学の中の勉強会に参加しなければならない
④ 女の人は1人で勉強したら、また諦めてしまうかもしれない

中国語訳

1) 男生正在說話。
A：旅行的樂趣是什麼呢？是品嚐當地的食物呢？或是去欣賞美景呢？我喜歡獨自一人旅行。之前去了四國的某個小島，住在當地的小民宿上。那間民宿是由與我年紀相仿的夫婦所經營的。因為當時只有我跟另外一組客人，我們就一起天南地北地聊到深夜。另一組夫婦是將五個孩子好好地養育成人後，現在悠哉地去各地旅遊享受兩人世界。而我只是個普通的上班族，在工作和生活方式上都不相同，果然每天思考的事情也不一樣。與大家一起談天，真的很有趣。旅行的樂趣見人見智，但對我來說，這是最令人感到開心之處。

男生總是期待著什麼而出發去旅行呢？
① 認識新朋友
② 找尋不錯的民宿
③ 打聽民宿的經營方式
④ 與在旅遊地點遇見的人們聊天

2) 一對男女正在談話。
男：咦？妳在讀什麼書呢？
女：這個嗎？英語考試的參考書。
男：嗯〜。下個月的考試？妳要考嗎？看起來好像很難。
女：因為我聽說有證照的話，對就職會比較有幫助。想說考看看。
男：如果有證照的話，真的會比較有利嗎？因為我沒考過所以不太了解…。咦？這樣說起來，妳去年是不是也有說要考證照？
女：啊！那個是完全不一樣的東西。但是，因為我一個人的話念不完，念到一半就放棄了。
男：像這個，妳知道嗎？大學裡面有人辦對就職有用的證照考試讀書會。
女：嗯，我不知道耶。
男：應該也有那個英文考試的讀書會。要不要參加看看呢？
女：嗯〜我不曉得耶。
男：會不會又像去年那樣？我覺得吉田小姐還滿適合去這樣的讀書會。

男生是怎麼想的呢？
① 找工作的時候不需要英文證照

② 女人不應該放棄學習
③ 女人必須參加大學裡的讀書會
④ 女人如果一個人念書的話，或許又會放棄

答え
1）④　　2）④

13 〜 15

1
1）疑っている	2）ユニーク
3）作法	4）気まずい／気まずかった
5）旬	6）ぎっしり
7）悩み	8）怖がらせて
9）荒立て	10）度々

2
1）にしても	2）もんか
3）だけに	4）しょうがない
5）うれしさ	6）こそ
7）行ったって	8）でならない
9）に決まっている	10）きり

3
1）D	2）I	3）C
4）J	5）A	6）F
7）G	8）H	9）E
10）B		

4
1）①　2）①　3）③　4）④

5
聴解内容

1）ホテルのフロントで女の人と男の人が話しています。

女：ねえ、予約したのは低い階の部屋だけど、やっぱり暑いし、花火大会もホテルの部屋から見ようよ。外に出たくないでしょ？

男：そうだね。せっかくだもん。高い階の部屋が空いていないか、聞いてみよう。あの、すみません。予約した木下ですが。

フロント：木下様でございますね。お待ちしてお

りました。

男：すみません、やっぱり、高い階の部屋に変更したいんですが、空いてますか。

フロント：少々お待ちください。10階の A タイプのお部屋、B タイプのお部屋、11階の C タイプのお部屋、D タイプのお部屋がご利用いただけます。11階以上のお部屋は、お値段が少々お高くなります。

女：何が違うんですか。

フロント：A タイプのお部屋は少し狭いお部屋でして、お二人でお泊りいただくには…。B タイプのお部屋には広いジャグジーバスがついております。お風呂からは外の夜景や花火も見ていただけますので、お薦めですよ。

男：C タイプと D タイプは？

フロント：C タイプのお部屋は北側なんです。このお部屋からは本日の花火大会がご覧いただけません。D タイプのお部屋は特に広いお部屋でして、設備もそのほかのお部屋とは異なります。

男：花火大会は？

フロント：もちろん、お部屋からご覧いただけますよ。お値段は少しお高いですが、お薦めです。

男：どこがいい？

女：部屋から花火を見たいから、この部屋はだめだね。狭すぎるのもだめ。

男：となるとこの2つか…。

女：お風呂から花火が見えるっていいね。

男：そうだね。こっちだと、低い階の部屋と値段もそんなに変わらないし。

女：この部屋でお願いします。

男の人と女の人はどの部屋に泊まることにしましたか。

① A タイプの部屋
② B タイプの部屋
③ C タイプの部屋
④ D タイプの部屋

2）家族が話しています。

母：あなた、友子、来月から塾に行くことにしたでしょう？

父：うん。行かないって言いだした？

母:そうじゃなくて、ケータイ。塾で遅くなる時連絡するためにケータイ買ってって。

父:だめだよ。塾がある日は、僕が迎えに行けばいいだけでしょ?それに、友子が何考えてるか、わかる。

母:何よ、それ。

父:ケータイが欲しいって言ったの、塾に行くからじゃなくて、ただケータイが欲しいからだよ。

母:え?

父:この前あの子、クラスの仲良しでケータイ持ってないのは私だけ、って言ってたじゃん。

母:あーそういうことね。中学生だから、やっぱり皆と一緒がいいんだ。

父:多分ね。

母:どうする?

父:正直に言えばいいのにね。うーん、買ってあげてもいいけど…

母:佐々木さんところも、最近ケータイ買ってあげたらしいんだけど、健太君、何だか変なサイトを見ちゃったみたいで。

父:そうそう。ネットで変な事件に巻き込まれるっていうニュースもよく聞くんじゃない?

母:ネットが使えないのにする?

父:うん、でも、嫌って言うだろうなあ。私は大丈夫だもん!とか言って。

子:何?ケータイのこと?買ってくれるの?

父:今、お母さんと相談してたんだけど、インターネットはいろいろ危ないから…。

子:何それ。自由に使わせてくれないの?小さい子みたいなケータイは嫌だよ。

父:そうじゃないよ。父さんたちはちょっと心配なだけ。母さん、まったく使わせないのもかわいそうじゃないかな。制限をつけるのはどう?

母:それもろうね。

父:友子、わかった?

子:えー

父:それに、ケータイを使いすぎて、勉強がおろそかになったとか、ほかの事をしなくなったって話もよく聞くよ。使わせる前に、何かケータイのルール、作ろうか。

子:めんどうくさい!嫌だよそんなの。

父:なら、仕方ないな。やっぱりケータイはもう

少し大きくなってからだね。

子:えー。何それ。いいよいいよ、さっき話してた通りでいいから、お願い。

家族はどうすることになりましたか。

① 通話専用のものを買う

② 友子の両親はケータイを買ってやらない

③ インターネットを使わせない

④ ケータイを買ったら、ルールを作る

中国語訳

1)一對男女在飯店的櫃台談話。

女:欸,雖然預約的是低樓層的房間,但天氣真的很熱,乾脆從我們房間看煙火好了。你也不想出去對吧?

男:就是說咩。都難得來一趟了。我來問問高樓層還有沒有空房間吧。不好意思我是預約的客人我姓木下。

櫃台:木下先生嗎?久候光臨。

男:不好意思,我們還是想換到高樓層的房間。有空房嗎?

櫃台:請您稍候。10樓的A型房與B型房,還有11樓的C型房和D型房都可以入住。11樓以上的房間價格會稍微高一點。

女:差別在哪裡呀?

櫃台:A型房會空間比較小一點,如果要兩人同住的話…。B型房裡附有一個大的按摩浴缸。從浴室就能看到窗外的夜景與煙火,所以比較推薦這間。

男:那C型房與D型房呢?

櫃台:C型房位於飯店的北側,所以沒辦法從房間看到今天的煙火大會。D型房是空間特別寬敞,室內設備也與其他房型不一樣。

男:煙火大會呢?

櫃台:當然從房間也是能欣賞到的。雖然價格稍微貴一點,但比較推薦這間。

男:要哪間好呢?

女:想在房間看煙火,所以這間房不行吧。太小的也不行。

男:這樣的話就剩這兩間了呀…

女:可以從浴室看到煙火,這點很棒呢。

男:也是啦。而且這間的話,價格跟低樓層的也沒差太多。

女：麻煩你給我們這間房。
這對男女決定要住哪種房型呢？
① A 型房
② B 型房
③ C 型房
④ D 型房
2) 家人們正在聊天。
母：老公，友子已經決定下個月去補習班了
　　吧？
父：嗯，她說不去嗎？
母：不是啦，手機。她說在補習班待比較晚
　　的時候，為了要聯絡我們，叫我要買手
　　機給她。
父：不行啦！補習日，我去接她就好了吧？
　　我知道友子在打什麼主意啦。
母：打什麼主意？
父：她說她想要手機，不是因為要去補習班，
　　只是想要手機而已。
母：咦？
父：前陣子，她不是說班上比較要好的只有
　　她沒有手機？
母：喔，原來是這麼一回事。因為是國中
　　生，所以還是想跟大家一樣。
父：大概吧。
母：怎麼辦呢？
父：明明老實說就好。嗯，是可以買給她
　　啦…
母：聽說佐佐木先生家，最近也買給小孩
　　了，但健太好像看了什麼奇怪的網站。
父：是啊是啊。不是常常會聽到，在網路上
　　牽扯進奇怪事件的新聞。
母：要不要買不能使用網路的手機？
父：嗯，但是，她一定會說不要的，然後會
　　說我不會有問題的啦！
子：什麼？在講手機的事嗎？要買給我嗎？
父：現在正在跟妳媽商量，可是因為網路上
　　有各種危險…。
子：什麼啦。可不可以讓我自由地使用手
　　機？我討厭小孩用的手機啦。
父：不是妳說的那樣啦。我們只是擔心而
　　已。孩子的媽，都不讓她用的話不會很
　　可憐嗎？那如果加一些限制的話妳覺得
　　如何？
母：說的也是啦。

父：友子，了解了嗎？
子：唉呦～。
父：而且常常聽到因為手機過度使用，而學
　　習不認真，或是變得其他事都不做。讓
　　妳使用前，來訂定一下手機使用規則之
　　類的吧！
子：真麻煩，我討厭規則。
父：如果是這樣，那沒辦法了。手機還是妳
　　大一點再買吧！
子：唉呦。什麼啦。好啦好啦，就照著你剛
　　剛說的那樣，拜託啦！
結果這家人決定要怎麼做呢？
① 買只能通話的手機
② 友子父母不買手機給她
③ 不讓她上網
④ 如果要買手機的話，要訂定規則
答え
1)②　2)④

作　　　者／王可樂日語
圖 文 版 型／必思維品牌顧問公司

總 策 劃／王頂倨
營 運 統 籌／林微筑
主　　　筆／王可樂日語
網 路 行 銷／王可樂日語
執 行 策 劃／吳銘祥
專 業 校 對／王可樂日語
中 文 翻 譯／謝如欣、黃士哲

責 任 編 輯／李寶怡、魏賓千
美 術 編 輯／張靜怡
封 面 協 作／廖鳳儀

總 編 輯／賈俊國
副 總 編 輯／蘇士尹
編　　　輯／高懿萩
行 銷 企 畫／張莉滎、蕭羽猜

發 行 人／何飛鵬
法 律 顧 問／元禾法律事務所王子文律師
出　　　版／布克文化出版事業部
　　　　　　台北市中山區民生東路二段 141 號 8 樓
　　　　　　電話：(02) 2500-7008　傳真：(02) 2502-7676
　　　　　　Email：sbooker.service@cite.com.tw

發　　　行／英屬蓋曼群島商家庭傳媒股份有限公司城邦分公司
　　　　　　台北市中山區民生東路二段 141 號 2 樓
　　　　　　書虫客服服務專線：(02) 2500-7718；2500-7719
　　　　　　24 小時傳真專線：(02) 2500-1990；2500-1991
　　　　　　劃撥帳號：19863813；戶名：書虫股份有限公司
　　　　　　讀者服務信箱：service@readingclub.com.tw

香港發行所／城邦 (香港) 出版集團有限公司
　　　　　　香港灣仔駱克道 193 號東超商業中心 1 樓
　　　　　　電話：+852-2508-6231　傳真：+852-2578-9337
　　　　　　Email：hkcite@biznetvigator.com

馬新發行所／城邦 (馬新) 出版集團 Cité (M) Sdn. Bhd.
　　　　　　41, Jalan Radin Anum, Bandar Baru Sri Petaling,
　　　　　　57000 Kuala Lumpur, Malaysia
　　　　　　電話：+603-9057-8822　傳真：+603-9057-6622
　　　　　　Email：cite@cite.com.my

印　　　刷／韋懋實業有限公司
初　　　版／2021 年 1 月
售　　　價／450 元
Ｉ Ｓ Ｂ Ｎ／978-986-5405-96-0